李月亮 ——著

世间最美是心安

安 定 的 心

才 看 得 到 世 界 的 美

只有内心安定,花才香,画才美,酒才醉人,情才动人

你对这个世界多好奇，多热情，这世界就会让你多痛快，多过瘾

人生不会一直艰难，当你真的迈出有效的几步，可能局面就大大改观了

生活中的那些美好,你越相信,就越接近

目 录
Contents

Chapter 1
上帝一定为你准备了跟生活厮杀的利器

002　多么不可救药的人生，也应该再抢救一下
007　给孩子这件礼物，胜过万贯家财
012　别让你的人生，毁在仨瓜俩枣上
016　面对婚姻，不现实的才是傻姑娘
020　今天你对渣男留情面，明天谁为你的幸福买单
024　没有一棵树能长成它本来的样子
028　"运气"到底是一种什么气
032　决定成败的不是细节
036　怎样的人生，才算性价比高
040　我们对成功者的最大误解
046　别怕，上帝也一定给你准备了跟生活厮杀的利器

Chapter 2
把人生紧紧握在自己手里

052　世上哪有值得托付一生的男人啊

057　别信"结婚要趁早"这种鬼话

063　"你有病吧？"男人为啥老这么说女人

069　出轨的爱人，要不要原谅

074　You jump, I jump

077　哀莫大于心不死

080　这世上有天理吗

086　男人也要很多很多安全感

090　婆媳到底是什么关系

094　赌气是感情里最低级的招法

098　嫁给这种人，想想就痛快

Chapter 3
人活着，最不能错的是初心

104 那么爱说假话，你自己也拧巴吧

109 想到就心酸

112 孩子都是奢侈品

116 你还是直接给我一亿好了

119 旅行常有，而艳遇不常有

122 失去信任的婚姻有多可怕

131 人活着最不能错的，是初心

136 爱人回来了，爱却没有

139 爱情是降，婚姻是养

142 女人太容易在爱里变成小孩子

146 朋友越多越好？这是个误会

152　幸福等量交换

155　最好的关系，是我懂你的不容易

159　这辈子，妈妈只跟你分开这一次

169　你不理解，我不强求

173　没有公平，只有平衡

176　我们何必苦苦相逼

180　散姻缘不散交情

183　我们为什么要相信美好的东西

189　不相干的人，你何必在意

194　谢谢那个为弱者顶住的好人

199　有一种幸福，叫身边没有讨厌的人

Chapter 4
相信这世界是善意的

Chapter 5
活得漂亮,既要身段更要手腕

让她害怕失去 204
你看男人多单纯 206
请你揍我 209
瞎说啥大实话 212
为什么要追杀男朋友的前女友 217
你何必那么处心积虑 223
穷不可怕,不懂是非才可怕 227
你条件很好,可我想跟你分手了 232
婆媳不和?男人你要站出来 236
越老你要越狡猾 245
为什么听过很多道理,却依然过不好这一生 248

Chapter 6
时间太快，而我们终将跑赢自己

细节见人品　254

我只是怕你不在乎我　260

人弱才会被人欺　264

怎样的女人，才算"会过日子"　268

最让女人欲罢不能的，是这种男人　272

你享了不该享的福，就得吃不该吃的苦　275

有多少美好，被迫不及待地糟蹋了　279

朋友啊朋友，你可别再想起我　283

我宁愿相信这世界是善意的　286

世上就没有不自卑的人吧　289

时间太快，而我们终将跑赢自己　294

序言

世间最美是心安

1

  和好友S一家自驾游。刚到目的地，S老公就接到老板追魂call，说他前几天做的合同里，忘了标注付款日期，万一客户恶意拖延支付，麻烦就大了。
  一大笔钱啊。而且合同已经寄给对方。
  S老公立刻不欢乐了。晚饭也不吃，窝在酒店房间里查合同原件，咨询律师，又给客户打电话，绞尽脑汁找理由让他们寄回合同。
  偏是周末，人家说要周一才能处理——处理的意思，是先看看合同再说，寄不寄回不一定。
  第二天我们去海边玩，S老公魂不守舍随行。手里一直举着电话，隔几分钟就要打一通。
  海风轻柔，海水澄澈，海鸥翩跹，而他心神不宁盯着手机，世间美景全与他无关。

S在石缝里找到螃蟹，让他帮忙捉，他目光涣散，根本看不见。

女儿在小岛上摘了花，让他闻香不香，他愁眉苦脸嘟囔，香。小孩子都看出是敷衍。

终于熬到周一，临近中午，客户回了电话，说合同已经寄回。

他长舒一口气，魂魄瞬间归位，开心地大吃了一顿。

其实连吃了几天海鲜，我们都有点腻了，他却像从未吃过一样，大赞美味。

傍晚，我们在沙滩看落日。他坐在长椅上，气定神闲，看得入迷，全没了之前的心猿意马。

心境决定风景。

心乱一切乱，心安一切安。旅行如此，人生亦然。

2

类似的体验，我们大概都有过：

回家路上，忽然收到单位要调整岗位的消息，心里顿时兵荒马乱。

备好了晚饭，孩子却迟迟不归，一次次张望总不见人影，不由得提心吊胆。

夜深人静，想到即将到来的重大考试，瞬间睡意全消，坐卧不安。

身体出现没来由的病症，状似恶疾，内心隐隐惶恐忧虑。

……

这世界,从未如我们期望的那样安定,总有大大的忧患或小小的不安扰乱人心。

而心一乱,一切幸福,就都散了。

美食当前不知味,身居大床不能眠,曼妙风景看不见。

只剩一颗惶惶然的心,扑通扑通,没着没落,等审判,等救赎。

心不安定,世界就是混沌的。

只有当一切有了结果,烦扰远去,心安了,生活的美才重新呈现。

3

有个朋友,在杭州租房九年,去年终于把一直租着的房子买了下来。

过户那天正是圣诞节,她把所有房间都装饰一番,又备了一桌大餐,跟老公喝了个痛快。

感觉特别特别踏实,她说,虽然是一直住着的房子,但别人的和自己的,感觉截然不同。

再也不用担心被房东扫地出门。

再也不用换个沙发热水器都要跟人商量。

终于可以理直气壮跟孩子说"这就是我们的家"。

终于有了在这个城市落下脚的安定感。

想来,很多年轻人千辛万苦买房,正是这样的心理。

不是没地方住,不是钱多充裕,更不是为了面子好看,而是,一个属于自己的房子,让人内心安定。

世界太强大,人太渺小。

这让我们的人生充满了不确定,如浮萍,如蒲公英,一阵风起,就乱了节奏。

于是我们的灵魂深处,总有一种战战兢兢,警惕着、提防着未知的动荡。

于是我们倾尽全力,寻求动荡中的一方安稳。

比如买房。

总有人说,租房一样住,干吗一定要买呢?

是的,栖身之所可以租,可安定感却租不到。那些宁可负债累累也要置下一方小小空间的人,其实只是想在这嘈杂乱世,免遭动荡,安定下这颗心。

4

我家楼下有个牙科诊所,主人是个和善的大姐,手艺好又耐心,我儿子每次拔牙都去那里。她的诊所跟惯常的不同,有书架,有很多绿植,有好看的手工布艺玩偶。

我们聊天,她总会告诉我,她养的多肉又长胖了、昨天来拔牙的娃娃特别萌、广场南边有棵很漂亮的树……从不抱怨菜价又涨、路上太堵、老公不管家。

没客人时,她常在店门口晒着太阳看书,恬淡悠闲,全神贯注,散发出很稳的气场。

我想,她一定是内心安定的人,所以才一举一动尽显从容,才把生活经营得那么美。

仔细想,人要心安,真的也不需要什么大富大贵。

有屋可居,有谋生本领傍身,与爱的人相守,没有亏欠谁,也不曾辜负自己,如此,足够。

5

人越年长,越渴望安定。

什么荣华富贵,什么锦衣玉食,其实都没有一颗安定的心重要。

世界百般好,慌乱的心看不到。

只有内心安定,花才香,画才美,酒才醉人,情才动人。

听歌才是听歌,散步才是散步。

晒太阳才是晒太阳,吃小龙虾才是吃小龙虾。

一切幸福和情趣,都以心安为前提。

世间最美是心安。

上帝一定为你准备了跟生活厮杀的利器

Chapter 1

找到那个最让你自信的、最多人为你点赞的、最常带给你优越感的能力，那就是你的武器。

多么不可救药的人生，
也应该再抢救一下

小松是我大学同届同学，家境不好，母亲瘫痪多年，父亲蹬三轮养家。她读大学的费用完全自理，每个周末，我们窝在宿舍里睡懒觉看美剧时，她端着盘子在超市做促销，从早九点站到晚九点。我们嘻嘻哈哈爬山逛街时，她奔波在一栋栋居民楼里发传单，一天爬五千个台阶。

2001年，小松准备考研。可就在考试前一个月，她父亲出事了——他超载的三轮车在紧急躲避一辆大货车时，翻到了沟里，父亲当场身亡，还撞伤了一个小女孩。

小松请了半个月假，回家给父亲办了丧事，又卖了房子赔偿女孩家，然后把不能自理的母亲接过来，在学校附近租了间小平房安顿下来，她放弃了考研，搬出宿舍，每天上课、找工作、照顾母亲，还坚持打着工。

很难想象一个二十岁出头的姑娘是怎么扛起这一切的。那阵子常见她下课后在食堂买了包子，骑着破自行车风驰电掣地往母亲那里赶，短发被风吹得乱七八糟，从背影完全看不出是个女孩子。

她最后留在我印象里的，就是那个凌乱而艰辛的背影。

而现在，小松已是一家玩具厂的老总。我们前不久见面，她穿着优雅小西装，妆容精致，样子跟当年判若两人，我费好大劲儿才把眼前的她和记忆里的那个姑娘联系在一起。

聊及往事，她告诉我，她遭遇的远不止我知道的那些。

原来她当年是有男朋友的，也是大学生，也是家境贫寒，两人打工认识，约好了一起考研，但在小松接了母亲过来后，他去看了一次，随后就消失了。当时也没手机，都是宿舍电话联系，他再也没接过小松的电话，没去过他们打工的超市。小松骑了一个小时自行车去学校找他，他楼都没下，托宿舍同学送了张纸条下来，说对不起，你就当没认识过我吧。小松揣着那张纸条往回骑，风挺大，眼泪流出来吹得满脸都是。

为了不让她妈察觉，快到家时，她找个公厕洗了把脸，拿袖子擦干了，见到妈妈时，又是神清气爽的一个人。

但小松妈已经觉得连累了孩子。有一次小松发现她在攒绳子，长的短的，攒了一堆，一小截一小截地接起来，藏在褥子底下——床头上有根横梁，傻子也能猜出她想干什么。那天小松抱着她妈哭，说我没爸了，你还想让我没妈吗？她妈也哭，说小松我看你太苦了。

"当时我就想，我好好的一个人，有手有脚有脑子，难道还养不活我妈？"小松说。

第二天，她花一百七十块钱买了套有生以来最贵的衣服，又理了个发，开始玩儿命找工作。她对工作的要求也简单：薪水高、不出差（因为要照顾妈妈）。至于公司规模、职业前景、工作强度什么的，她统统不在乎——对一个生存艰难的人来说，理想、未来、自我都是太缥缈的东西，她的当务之急是活下去。

然后她就进了一家只有五个人的小公司，一个人干三个人的活，领两个人的薪水，忙得焦头烂额，连毕业典礼都没能参加。

"那时候我看别的同学，都跟看神仙一样，太轻松悠闲了。"小松说，"但他们还是总抱怨工作累，领导差劲，加班太晚什么的，个个都说很郁闷，要崩溃了。我就说，这还是事儿吗，要换成我这样，你们还活不活了？"

"你不觉得苦吗？"

"苦啊，苦死了。但根本没心思抱怨，没时间崩溃，更没资格矫情，我得先保证我们娘俩活命。其实我不是意志特别强大的人，但人到了那一步，就得闷着头往前走。"

她接着说了一段我觉得特别好的话："困难太大的时候，就不能多想。好比你要爬一座特别高的山，绝不能在山脚下一直看山顶，那样你会觉得累死也上不去，就会泄气，会绝望。要是这山你非爬不可，就别去想它有多高，先把脚下这步迈出去再说，先把眼前的困难解决掉再说，走一步困难就小一点。我以前兼职发传单也是这样，要是总琢磨今天要爬五千个台阶，可能一出门就瘫了，但每次我都想，先上一层楼再说，再上一层再说，于是就这么一层一层爬上来了。"

一年后，小松终于缓过点气来，还清了助学贷款，和妈妈搬出平房，她自己也跳槽到另一家大点的玩具公司，一边竭力干好自己的活，一边悉心学习，每天上下班路上都在听行业大佬的讲座，晚上再累也要读四十页书，有机会还帮其他部门的同事干活，跟他们取经。又过了两年，她应聘到一家更大的玩具厂，一去就是中层，在那里认识了现在的老公，两人做足了准备后一起辞职，开了自己的公司，慢慢发展起来，现在每年已经有上百万的利润，车子房子孩子也都有了，又雇了保姆专门照顾老妈，每天用轮椅推着她出门晒太阳。

"我妈现在见人就说她可没想到会有今天。其实我也没想到，根本不敢想。有时候回头想想以前那些苦，自己都忍不住打冷战，好在挺过来了。"

真是一手烂牌，打出了一个春天。

人生就是这样。每个人来到这世上，手里的牌都不一样，有的好有的烂，谁都没得选。你若摊上了一手烂牌，愿意不愿意，也得拿着它打，怨天尤人没用。小松这手牌，本来就够烂的，她爸出事儿后就更是烂得爆表，但烂牌有烂牌的打法，你得憋着一股劲儿，不认输，不泄气，不断调低心态，调整策略，把每张牌都出到最好，为自己争取最后的胜利——起码是一个平局。

有时候烂牌会逼出人的好牌技。一个人的牌如果太好，反而容易掉以轻心，不会对打出的每张牌都斤斤计较，不愿去为一点小利益厮杀，不肯为了更好的局面去拼命。

而那些困境中的人若想突围，必须每一步都迈向高处，每一分钟精力都用到好处，你没有讨价还价的资本，所以心态必须更低，对困难的接受度也要更高。

如果一个人拿着一手好牌奋力拼杀，很可能成就大业。若本就一手烂牌却不肯努力，必是最大的输家。

老天给每个人发的牌都不一样，每个人对自己这副牌的用心也不一样。有人拿着一手大烂牌，打出了一个明媚的春天。也有人守着一副好牌，苟且于现状，以为世上根本没有寒冬。更多的人，一边混沌随意地打着，一边责怪自己的牌太平庸，遗憾没得到更好的部分。

而就在我们为自己的不够用心寻找过硬的借口时，那个一手烂牌的人，已经紧咬牙关扭转了局势，站上了更有利的位置。

这世间所有的逆袭，大概都是硬着头皮，迎着困难，艰难地迈出第一步的。第二步也是。第三步也是。而人生不会一直艰难，当你真的迈出有效的几步，可能局面就大大改观了。

每个看起来不可救药的人生，都是应该再抢救一下的。

你不自救，谁能救你？

给孩子这件礼物，胜过万贯家财

儿子特别爱读书。

他四岁时，就已经认识了大约两千字。满肚子故事，张口飚成语——虽然飚得漏洞百出，但也格外有趣。

他喜欢讲笑话，有时候绘声绘色讲完，我们都笑，他也跟着笑，笑完就问我们：这笑话到底什么意思？哪里好笑了？

有次我们跟他同学一家出去玩，儿子一路都在念门店牌。惊得同学妈妈一愣一愣的，说你儿子怎么认识那么多字！是你平时教的吗？或者一定是遗传了你的基因，你是作家啊。

其实都不是。

孩子有没有遗传到我的基因，甚至我自己有没有文字天赋，都很难说。

而我除了早期教儿子认那种写着"人、口、手、足"的卡片，也真没怎么正正经经地教过他认字。

他识字多、爱读书，其实是得益于另外一些做法。

从头说起。

儿子几个月大，我就开始抱着他看那种大图大字的图画书，逐个指着上面的字给他读，这个习惯坚持了很久。他可能因此模模糊糊地认了一些字，而更重要的是，这会让他知道，那是字，是有含义的，而不是一些黑乎乎的碍眼的乱码。所以他会慢慢地对"字"产生兴趣，想知道它们到底是什么东西。以后遇到字，他会格外留意一下，判断它们所表达的意义。

而无论在哪里遇到文字，只要他注意力在字上，我都立刻指着念给他。看动画片，我也尽量给他选有字幕的，因为对文字有好奇，他会关注到那些字幕。

很多字，应该就是这样潜移默化地被记住了。

认的字多，他很自然地就会喜欢读书了。

我们小区有家书店，带儿子出去玩，我基本都是直奔书店，把他放在童书区，一本本让他翻。

其实孩子天生是对书很好奇的，如果给他提供看书的环境，他多半会很投入地进入那个世界。

我也会留心观察他对哪本有兴趣，每次都买几本回去。给孩子买书，我几乎没有限制，只要他喜欢，随便买。所以现在儿子的书，比我的还多。

有些父母会觉得"这本书还没看完，不能买下一本"或者"家里有不少书了，够孩子看的"，其实孩子对一本书的兴趣是有限的，一本书可能几分钟就翻完无感了。如果你强制他只看一本，或者反复看家里仅有的几本，他读书的兴趣就会降低，阅读习惯也培养不起来。而如果家里一直都有新鲜的、让他感兴趣的书，他就可能会随时拿起来看。

另外，我也常看到家长在书店跟孩子较劲，孩子想要这本，家长想买那本，最后家长胜利，买了"有意义"的书，带着闷闷不乐的孩子走了。我真心替孩子难过。其实小孩子最初爱看的，多数都是跟动画片有关的图画书，看起来既没意义也没用处。但这不要紧，只要是正规出版的书，就通过了官方审查，看了起码不会有坏处。而在孩子上小学之前，让他觉得"读书有趣"，培养起浓厚的阅读兴趣才是最重要的。你拒绝了他爱读的书，扼杀了他的读书兴趣，之后又抱怨自己的孩子不爱读书，这该怪谁呢？

我也会买大量自己认为好而孩子没兴趣的书。这些书，要费点心机引导他看。比如我会先看完一本，给他讲个开头，留个悬念，让他自己去找答案，然后他就会满怀热情地抱着那本书看了。

另一方面，从儿子出生，我就准备了几本唐诗宋词，卧室客厅书房都备着，每次抱着他喂奶，便随手拿起一本，选一些意思简单、韵律分明的诗词,缓慢悠扬地读。有时推着他在外面溜达,我也随口说几句"床前明月光,疑是地上霜""枯藤老树昏鸦,小桥流水人家",这样坚持下来,他的意识里就植入了文字的美感,他就会知道,世界上除了"宝宝好乖""宝宝吃饭啦"这样的日常对话,还有一些美妙的语句。

等他大一点,我每晚睡前都给他读现代诗。买不到合适的诗集,就自己从网上一首首找来,打印成册,每天读几首,然后跟他讨论写得好的地方,再设想如果我们来写这首诗,会怎么写。

儿子现在八岁了,常会不自觉地说出有韵律的话,"上学太烦恼,放假该多好"之类的。也会说一些充满想象力的诗的语言,比如"我早上牙疼,下午肚子疼,疼掉到我的肚子里了。"

儿子在上一年级之前,就已经在看那种全是字的书了,而且速度很快,两三天一本,我相信肯定是囫囵吞枣式的,只看情节不看细节。但这也没什么,孩子的天性就是只关注自己有兴趣的东西,应该允许他们按照自己的意愿去读书,如果我们强制他注意书里的每一个细节,他就会烦、累,以后可能就不想看了。而如果他始终能在阅读里找到快感,就能保持读书的习惯,也就迟早会注意到书里更多的奥妙。

有时我会让儿子把他看过的故事讲给我,当然,前提是让他相信"妈妈爱听",而不是"妈妈要听"。否则,如果他觉得妈妈还要考察自己到底看没看懂记没记住,以后读书时就会有压力,阅读快感就会大大降低。

他也会对我读的书很有兴趣。我们常常一起看书，然后交流各自都看到了什么有趣的内容，有什么心得。我以前觉得我的书他怎么会懂，后来发现并不是，他其实很爱听，还会问很多问题。而我也会在讲述和回答时，有更多思考。

在跟孩子一起读书、彼此分享的过程里，我们不但都在成长，更对彼此的思想有了更深了解，从而体验到一种灵魂的亲近。有了这种亲近，你就不会觉得虽然朝夕相处、虽然你还把他抱在怀里，但他已经离开了你。

儿子现在上二年级，从没遇到过不认识课文生字、看不懂作业题目之类的问题，小作文也写得有模有样。

而他的思想成长更是快得出乎我的意料，我常常被他的知识面、他对事情的见解、他提出的问题惊到，他知道隋朝灭亡的深层原因，知道非洲蚂蚁的独特习性，也知道辩证地看待善与恶……

这些，绝大部分都得益于广泛阅读。

其实孩子越来越大，我们能教他的越来越少，而书籍，才是可以永远为他答疑解惑、给他无私帮助、向他展示大千世界的良师益友。

我也越来越庆幸为儿子种下了爱读书的种子。这也许是我给过他的，最好的礼物。我觉得这个礼物，胜过留给他万贯家财。

别让你的人生，
毁在仨瓜俩枣上

　　马未都有次提到家里的一个保姆，挺有意思：她有时会偷偷拿他家的东西，也不拿值钱的，就是一头蒜，两片姜，半瓶花生米什么的。马老师发现后，就跟保姆说，你喜欢或者需要什么，说一声再拿就不为过，反正有些东西他也用不完。但保姆不说，也不改，该拿还是悄悄拿。这让马老师很烦，而且不放心，万一哪天顺走件文物呢？所以，不敢再用。

　　对保姆的行为，马老师表示不解：干吗要这样呢？

　　其实保姆的心态，倒也不难理解：反正你家那么多，反正我也不拿值钱的，反正你也未必会发现，反正发现了你也不能怎么着……当然，直接当面找你要，那是不行的，一来没面子，二来显得我小气，

"家里没蒜了,能把你家这头蒜送我吗?"说不出口啊。

悄悄占点小便宜,貌似是国人的共同爱好。尤其是穷苦过的人,能占的便宜不占,就好像丢了什么。长期物质匮乏导致的危机感,以及人性骨子里的贪婪,让我们常常不自觉地丧失了基本的道义准则和利弊判断,然后做出一些不合常理的事。

所以公交车的安全锤总是丢,公厕的免费厕纸总不够用,咖啡馆的漂亮餐勺总是少,打着送小礼物的旗号开讲堂卖保健品的商家,总能引来一大屋子人在那听。

人们会觉得不拿白不拿嘛,顺手牵羊不算偷,反正这仨瓜俩枣的东西,拿了也不算罪大恶极,被发现也没什么大不了的。

可是真没什么大不了吗?也未必。

一个做公司主管的朋友说,有次她跟一个下属小姑娘出差,晚上在酒店吃自助,吃完临走,小姑娘大模大样地往包里塞了两盒酸奶。她当时觉得有点不合适,但也没在意。后来又一次,她看到那小姑娘抱了一包公司的A4纸回家。她心里就有点失望了。留心观察,发现这姑娘真是特别爱占小便宜。于是后来,朋友就不敢把太重要的工作交给她了,尤其是比较容易有猫腻那种。

虽然她挺能干的,但是,不放心啊。朋友说。

还有个阿姨,有次跟我说,她特别不喜欢女儿交往的男朋友,"见过一次,长得倒挺帅,但怎么就那么小家子气,在餐馆吃个饭，一个劲儿要餐巾纸，要了一摞，没用两张，剩下的都塞包里带走了。这事儿倒不大，关键是反映这人的素质不高。"

这个不良印象，怕是一卡车纸巾也挽回不了吧？但那小伙子恐怕还意识不到。就像那个小姑娘，以及马老师家的保姆，也不会想到那两盒酸奶、两片姜会给自己带来那么大的负面影响。

几张纸巾几片姜，确实不算什么。但这点小东西，会影响别人对你的判断，让人觉得你境界不高，品行不端，不能信任。一旦重要的人产生这种看法，副作用就不好估量了。小则不利一时，大则影响一生。

贪小便宜吃大亏。这话一点都不错。

其实想想，那点小便宜，不占又如何？一包A4纸，几十块钱，而为此导致工作上处于不利局面，就得不偿失了吧。或者，如果你甘愿为这包A4纸去损伤自己的清誉，那你的人生可能也就值这包A4纸的钱了。

很多人占小便宜，其实并非出于自身的切实需要——并不是真的需要那包纸，也不是真的买不起，仅仅就是贪心。白白拿了不属于自己的东西，小聪明得了逞，就会很得意，很有成就感。

这其实是一种自我迷惑，是错判了利弊得失，不知道便宜背后，往往都是坑，也没有意识到很多表面看是赚了的事情，事实上赔了更多。

小算盘打得噼啪响的人，通常就没有高瞻远瞩的能力，也不会有太大成就——真正干大事儿的人，谁会把一点毛头小利看在眼里？

所以，虽然人的贪念是与生俱来的，但在无关紧要的小便宜面前，还是应该把控住自己，不要自贬人格，更不要因为那仨瓜俩枣，毁了自己一生。

面对婚姻，
不现实的才是傻姑娘

二十一岁的读者小妹说，她谈了个大自己九岁的男朋友，想结婚，却遭到老妈大力反对，特别苦闷。

男友大九岁，也还好吧。我说。

但老妈就是不能接受，反对得特别激烈，怎么办呢？她说。

那他有什么优点，你爱他什么呢？

小妹说了好多，大意是这个男朋友又会魔术又会武术，又会跳舞又会耍酷，非常完美。

呃，他是做什么工作的？我问。

小妹说，以前在亲戚公司做事，后来嫌薪水低不干了，最近半年一直没上班。他想自己开公司，只是没资金。其实我妈拿得出来，但她死活不给。

呃，那他有什么专长吗？创业的话，做哪方面呢？

他有很多想法，房地产啊，开酒吧啊，做互联网公司啊什么的，他都能做。他说只要有一笔创业资金，赚钱是分分钟的事。

呃，他感情经历多挺多的吧？

是啊。他以前的女朋友都嫌他没积蓄，没房子，不愿意嫁给他。但我不介意租房结婚，只要有爱，租房照样可以幸福啊，你说对不对？

我说小妹，你可能要失望了，我的意见跟你妈一样，不赞成你跟这个人结婚。

小妹表示无语：你们怎么都这么现实！

我说生活本来就是现实的，他暂时穷不要紧，但应该踏实努力，可是通过你的描述，我目测这是个一穷二白、好高骛远、华而不实、三十岁了还靠变魔术哄女孩子开心的男人，你跟他结婚，未来实在不乐观。

会有多么不乐观呢？我的同学S可以做个榜样。

当年她也是个天不怕地不怕的文艺少女，怀着一腔爱意和对未来的美好想象嫁给了一个酒吧驻唱歌手。

"有爱，就不怕。"这是八年前她在QQ空间的宣言。

可是结婚后，男人收入微薄且不思进取，家里的大小支出基本靠她，日子过得辛苦艰难。看电影喝咖啡根本不敢想，交不上房租是常有的事，衣服只能去批发市场买，生孩子的钱都是借的。

残酷的现实很快把爱情摧残得面目全非，曾经的浓情蜜意迅速转化成越来越激烈的争吵。

S说，有一次加班到晚上八点，回到家，发现两岁的儿子正发烧，浑身滚烫，而老公抽着烟玩着游戏，还在等她做晚饭。她给孩子量了体温，三十九度八，却不敢带他去医院——刚发的工资，交了房租还了信用卡已经所剩无几，再去医院花上几百块，后面就买菜的钱都没了。

她让老公去买退烧药，他玩着游戏，不肯去。让他去做饭，也不去。

那晚，他们爆发了结婚后最严重的一次争吵。她摔了电脑键盘，他挥拳把她打倒在地。

半夜十一点，S坐在地板上，看着破破烂烂、满屋烟味、一片狼藉的家，号啕大哭。

她说，那一刻的悲痛和绝望，一辈子都忘不了。

后来她离婚了。没有半点留恋。

爱情和婚姻，其实是两码事。非要说清关系的话，应该说爱情是婚姻的必要不充分条件。没有爱情的婚姻不会幸福，而只有爱情的婚姻，则严重不靠谱。

爱情是简单的。你觉得一个人四十五度角仰望天空的样子很美，OK，你就可以跟他谈恋爱。

但婚姻则复杂得多。两个人结了婚，是要柴米油盐过日子的，衣食住行，老人孩子，亲戚往来，桩桩都是要实实在在去面对的俗事，在俗事里，人是不得不现实的。

当你们穷得交不起房租，孩子生病都不敢去医院，他情歌唱得再动听、魔术变得再有趣，又有什么意义？"有情饮水饱"是一厢情愿的浪漫想象，"贫贱夫妻百事哀"才是残忍的现实。

或者，你拼命赚钱他拼命花，你一心待他而他四处留情，你累死累活带孩子做家务而他永远都在玩手机打游戏……这种日子有多累，过上你就知道了。

爱情可以是仰望天空，可以是建立在某种迷幻感觉上的空中楼阁。而这楼阁，只有能够稳稳落在现实里，才能变成婚姻的基础。因为婚姻必须脚踏实地，必须有足够的现实基础来支撑。

与现实格格不入的爱情，一般都活不长。

所以，谁都没理由责怪女孩子现实。真要结婚的话，那些只看感觉不考虑现实的姑娘才是傻姑娘。

当然，这个现实，绝不只关乎钱。他够不够体贴，够不够专一，够不够踏实，有没有能力，有没有上进心，有没有责任心，都是现实的考量标准。只有这些条件大体达标，婚姻才能稳定，你才能有安全感。

你要嫁给一个人，最想要的一定是幸福感和安全感。幸福感是爱情和精神层面的共通带来的，而安全感，则必须通过现实的标准来实现。

今天你对渣男留情面，明天谁为你的幸福买单

在亚马逊丛林里有一种树蛙。

每到交配季节，雄蛙会选择一个合适的地方放声歌唱，而雌蛙听准了歌声最嘹亮那位，就循声赶去交配。

但事情没那么顺利。雌蛙在奔向雄蛙的路上，会遭到大批小追求者的进攻。这些小雄蛙势必得不到雌蛙的青睐，它们要繁衍的唯一机会，就是偷袭——待追寻青蛙王子的雌蛙经过时，猛地跳到人家身上，将其紧紧抱住，不管遇到多激烈的反抗都死活不放手。

这样，很多雌蛙就无奈地接受了小雄蛙，与其交配，为其产卵。

不得不承认，大自然的生物规则惊人地相似，树蛙演绎的，其

实是简单粗暴版的人类。

我有个同事老大姐，对婚姻深深不满，每日共进午餐，她永恒的话题就是骂她老公。

她老公比她大九岁，当年她一个如花似玉的姑娘，选择一大把，但她老公追她追得特别紧，两天一个礼物三天一束花，情书写得比她看得都快，甜言蜜语都说尽了。坚持了一年多，终于感动了她，确切地说，是先感动了她全家，她妈就说了，女孩子别图什么荣华富贵，有个好人疼，一辈子稳稳当当顺顺心心的就行了。

本来对方的追求就呈狂轰滥炸之势，再加上家里人整天撺掇，当年尚青春年少的老大姐稀里糊涂就从了。

不想婚后越过越窝火，起初憧憬的平凡小幸福，全被柴米油盐打散了，她老公学历比她低，赚钱比她少，干啥啥不成却漫天撒谎吹牛，家里大事小情一概不闻不问，整天就研究那点股票，还赔得一塌糊涂。

大姐的口头禅就是，你说我怎么那么倒霉，让他给赖上了呢。

说实话，每次听老大姐抱怨，我脑海里都立刻浮现出亚马逊树蛙来，哦，或许这个联想不太恰当，但道理实在是像。

每个年轻姑娘的心里，大约都有一位歌声嘹亮的雄树蛙，她们或者在寻找，或者已经在循声而去的路上，可惜在追寻幸福的途中，那些条件不怎么样的小树蛙跳出来拦住了她们，在强大的攻势下，很多人一时迷糊，放弃了对原定目标的追逐，半推半就投身小树蛙的怀抱，这一投身，通常一辈子就交代了。

也未必不幸福，但风险陡增。像老大姐这种一遇渣男毁终生的情况，不在少数。

当然，就算因此陷入不幸的婚姻，你也实在怪不得别人。虽然是他当初恬不知耻地追求，让你误入歧途，但是他挖了坑让你跳，跳进去也是你自己的选择，谁让你眼花，谁让你软弱，谁让你没主见。你拒绝的能力太差，就像那些被迎面抱住的亚马逊雌蛙，不具备甩掉劣质雄蛙的功力，就只能认了倒霉。

今天追悔莫及，往往都是因为昨天的心软、将就、被动、犯二。

前几天还有个姑娘找我，说她面临两个选择：A男又好又帅，是她喜欢的类型，但两人接触机会不多，他对她也比较冷漠。B男有点矮，没有正经职业，又好赌，但对她特别好，什么事儿都依着她，知道她喜欢一条两千块的手串，他借钱买了给她。她直觉B的人品不太靠谱，也拒绝了几次，但他一直不放弃，变着花样追她。现在她有点动心了，问我，人应该选择自己爱的，还是爱自己的？

我说你面临的不是这个问题，而是如何甩掉渣男的问题。他矮点丑点也不是问题，问题是一个年轻人不工作不上进，走歪门邪道，追个女孩子还得借钱，这种男人有什么考虑的余地？

姑娘说，可是他对我真的很好，那个A，我实在看不到希望。

我说亲爱的，世界上就这两个男人了吗？茫茫人海你再去找啊。A实在不行，还有CDEFG呢，进不了皇宫，至少还有草房住，何必非往臭水沟里跳？

"他对我很好"，这可能是最容易迷惑女孩子的糖衣炮弹。感性又单纯的姑娘，常常为了这个"好"带来的短暂又虚幻的幸福感，失了原则没了分寸，不自觉地就将身心归顺了。可是他今天对你好，明天就未必，他人都不好，对你再好又有啥意义？

有人喜欢通常是好事，但如果被烂人喜欢，可能就是烂事。

所以，亲爱的姑娘，对那个你压根儿看不顺眼的负分差评渣男，一定别犹豫，要果断彻底、不留余地、冷酷无情地把他拒绝，将其清扫出你的视线，别让他挡住你追求幸福的路。

今天你对渣男留情面，明天谁为你的幸福买单？

没有一棵树能长成
它本来的样子

我老家在内蒙古,上了大学才知道,外地同学对内蒙古的想象基本都停留在"风吹草低见牛羊"的原始状态,他们常会问我些诸如"住蒙古包吗""骑马上学吗""拿牛奶洗脸吗"之类的问题。我不得不一遍遍回答:不,我们跟你们其实差不多。

后来有位同学提了个稍微有点学问的问题:草原上有树吗?我说有。她又问:跟其他地方的树一样吗?

我当时也是无知,习惯性地回答:都差不多。

一直没觉得这答案有什么不妥,直到去年去了大兴安岭林区,我才发现,还真不一样。

首先,草原上的树很少,常常是相隔几百米甚至几公里才有一棵，有的树，估计一辈子也没见过它的同类。其次，树的形态也不同，草原的树通常很矮，还顶着个挺大的树冠，枝杈们都长得随心所欲，反正四周有的是空间，想往哪伸就往哪伸，所以每棵树都有自己的姿态，各有各的闲散，各有各的美。

而森林里的树则大为不同：多而密集，都齐刷刷地长得笔直而挺拔，这棵与那棵看不出什么差别——这很好理解，不拼了命地拔高的话，阳光就被别的树抢走了，想活下去，就一定不能比别人矮，你长一寸，我就得长一寸，这么互相比拼着往上长，就都成了参天大树。那些品种不好的，不够努力的，过早地开枝散叶的，都早早被淘汰了，即便勉强活着，也是苟延残喘。

我站在森林里，看着一棵树想，如果你生在草原上，必定会是另一番样子，广袤天地，唯我独尊，不争不抢，想怎么长就怎么长，最后长成你本来的样子，活出你天然的自我，多幸福。

但是后来有位研究植物生态的朋友否定了我。他说，草原上的树也并不算走运，那里土层薄，树本来就很难长高，而且草原风大，树高了招风，容易被刮倒，矮点才好活。

原来哪里的树都不容易，都为了生存，对环境做出了妥协。长得高的，放弃了自我；实现了自我的，牺牲了高度。

那么如果一棵树，既生在肥沃的土壤里，又没有竞争，它会长成什么样子呢？

这个问题就像真空中能不能长出球形鸡一样，难以验证，因为现实中根本不存在那种可能。不存在一个绝对理想的环境，完完全全地满足一棵树的需求。

人也是如此吧。

你若身在资源丰富的地方，比如北上广，竞争自然就激烈，大家都优秀且努力，互相裹挟着，彼此逼迫着，达到生命的最大高度。而你如果生在贫薄辽阔之处，自然可以不那么拼命，还可以按照自己的意愿尽情舒展，但大概就长不高。

所以谁也不用羡慕谁，大家各有各的快活，也各有各的艰难和不如意。没有一个人，能完全活出本来的样子，实现全部的自我。

有个朋友，硕士毕业三年，换了七份工作，从宁夏到北京到广州，辗转多处，处处都不满意，要么薪水低，要么枯燥乏味，要么没有私人时间，他说自己的要求很简单，就是要找份不摧残人性的工作。我想，他要的就是一个完全满足自我的环境，任何对本我的抹杀，他都不能容忍。但是哪里才有那种集合了森林的土壤及草原的阳光的完美组合呢？反过来的情况倒是比较多。

总是要做些妥协的吧。坚持自我当然不是错，但需要坚持的是主体的自我，是灵魂里那个最本质的东西，如果这个东西被违背了，那怎么叛逆怎么挑剔都不为过，但若是每一个棱角每一根毛发都不肯放弃，就是苛求了。人总要生存，总要找个地方落地生根，没有完全合适的，就得退一步选择比较合适的，否则你连最基本的自我都难以实现。

你不与环境配合，就必受其折磨。
没有任何一棵树，能完完全全长成它本来的样子。人也一样。

"运气"到底是一种什么气

李健当年在水木年华红了以后,因为想做自己的音乐而离开水木,在家潜心写歌,被朋友说"你干吗离开啊,看人家现在多红。"他无力反驳,只在心里想"如果你知道我昨天还写了一首很好听的歌,就不会这么说了。"

后来他写了很多歌,也出了几张专辑,上过春晚,还在王菲翻唱《传奇》后小火了一阵子。但始终,都没红过水木年华。

一个歌手,歌很好,人也帅,又有各种展露的机会,却始终不温不火。

命运有时就是这么吊诡,有些事情,乍一看,仿佛没什么逻辑因果。

但是不要紧,慢慢来。

不知道李健是不是这么想的，反正他耐心地一首一首写歌，一张一张出专辑，虽然听众并不多。

后来大家都知道了，在参加《我是歌手》后，李健瞬间红得不像样，人们争相传唱他的歌，传颂他的过往，传阅他的语录，奉他为完美男神。

他有过那么多舞台，但真正属于他的，原来是这么一档节目。

春晚的舞台够大，可展示空间太小，只跟孙俪牵着手唱几句，人们还没找着感觉呢，就过去了。

王菲的带动效应也够大，但人们感兴趣的只是《传奇》的原唱，目光不会真正落到李健的音乐上——那时候媒体采访他，话题始终绕着王菲转。

而那档地方卫视的节目，大咖度比不上春晚，却给了李健最优展示空间，他的歌，他的帅，他的情怀，他的智识，他的冷幽默——他的种种好，都在那里得到了完美展露。

他终于，等到了真正属于他的机缘。

大概也可以说，他忽然，走了红运。只是这运气到底是什么成分，很值得探究。

可能很多人都是遇到《我是歌手》之前的李健，有自己的追求，也积淀了足够的资本，还有过各种机会，登上过许多舞台，那些舞台看起来也够大够宽广了，但就是不能让你有极致的发挥。

你需要一个极其恰当的机缘，却不知那机缘会在何时何处出现。

左等右等不来的时候，有人可能就放弃了，默默把那份期待移到最不碍事的地方，说服自己接受现状。

有人可能因为眼光不亮，不能很好地判断得失，患得患失中错过了机缘。

有人清清楚楚看到了，但那机缘来得太早或太晚，他抓不住。

还有些人，一生没有遇到那个机缘，只能遗憾认命。

当然，也有一些人，在恰当的时机，做了恰当的选择，最大限度地成就了自己——未必是大红大紫大富大贵，而是把自己作为一个独特个体的独特优势极致地发挥了出来，在最该走的路上走得通体舒畅，活得越来越舒服。

这种成功极其不易，也极令人艳羡。但我们往往只羡慕人家碰巧赶上了好机缘，没有想过这"碰巧"背后的因果。

斑马群经过草原时，有的狮子"碰巧"捕获到了，而有的狮子压根儿没看见。没看见的狮子会将此归结为运气，不会去想在自己偷懒懈怠时，另一只狮子在练习奔跑，在四处寻找。

同样是趴在草原上的狮子，有的在睡觉，而有的在绷紧全部神经盯着猎杀场伺机而动。

若没有长久的翘首以盼，没有日复一日的资本积累，若不是清清楚楚地知道自己想要什么，怎么能在那个机缘到来时，一眼认出并狂奔过去紧紧抓住？

所谓"运气",应该分为偶然的运气和必然的运气,偶然的运气源自天意,而必然的运气,其实是"实力+耐心+机警"的联合体。那些"风口上的猪",在乘风高飞之前,多半为了找到风口并站上去,付出了很多不为人知的努力。

所以我挺佩服那些心里憋着一股劲儿的人,他可能兜兜转转了很多地方,做过各种努力和尝试,栽过跟头也有了阅历,没准也有了不错的生活,但他知道人生还应该更好,他在等一个机缘,并为此耐心地做着功课铆着劲儿,那机会一出现,他会立刻冲出人生舒适区,登上那块觊觎已久的踏板。

那些"碰巧"成功了的,多数是这种人。

人们常喜欢拿命运说事儿,一句"命里有时终须有,命里无时莫强求"似乎可以化解一切人生沉浮。其实命里有没有,是跟人的作为密切相关的,你够努力,够耐心,够机警,命里可能就会有,反之,多半就没了。

所以,在憋屈沉寂不顺意、对命运百思不解的时候,不要急,更不要气。你只管不断蓄积能量,并保持伺机猎食的狮子般的机警,沉住气,等运气。斑马群一定会在草原的某处游荡,那个属于你的机缘,也一定会在某时某处出现,你坚持得越久,攒的运气越足,就会离它越近,也就越有可能跟它迎面相见。

决定成败的不是细节

单位招聘,我是主考官之一。

面试当天一大早赶去,休息区已经有几个应聘者先到了。刚巧办公室没水了,我去休息区的饮水机接热水,过去后,发现饮水机关着,我前前后后按了好几个键,居然打不开。这时,一个来应聘的穿黄衬衫的姑娘走过来,跟我一起研究那个饮水机,很快,她发现还有个总开关没开,打开,灯亮了。

我回办公室忙我的事。几分钟后,黄衣女孩轻轻敲我的门说,老师,水开了。我愉快地说了声谢谢,不禁对这姑娘心生好感,觉得她又聪明又周到。

面试时,因为有刚才那一点好感,我对黄衣女孩就多留了点心,很仔细地看了她的简历,还多问了她几个问题。她的谈吐和素养是不错的,可惜专业背景比较差,没有与应聘职位相关的工作经验,说起专业知识,显得非常生疏。这显然不符合我们的要求,于是,她没有进入下一轮。

不想,面试结果出来后,这个女孩不晓得从哪里得到我的电话,三次打给我,询问她没有通过的原因,恳请我再给她一次机会。

我完全知道她的心理——因为面试当天那一杯水的交情,她一定看出了我对她的好感,于是觉得我在这次招聘中,必然会给她高分。她在电话里对我说"能不能拜托您跟另外两位面试的老师说一下,再给我个机会。"我苦笑,告诉她,以她的专业背景,我连我自己都说服不了。

她挂掉电话时的语气是相当失望的。

其实我很想跟她多说一句:虽然你看起来是个勤快懂事的姑娘,但我们招聘的不是保姆,不是勤杂工,而是要在专业领域杀出一片天地的战士,仅仅在为人处世方面做得好,是远远不够的。

后来我去某大学参加关于就业培训的讲座,主讲老师的生动描绘让我大跌眼镜,也更加理解了那个姑娘为什么三番五次打电话给我。讲师准备了很多案例,说某届的某个毕业生因为在面试时讲了自己打工赚钱给农村老母治病的经历,赢得了考官的心,也收获了一份好工作;说某个毕业生的简历做得别出心裁,让人过目不忘,于是得到了好工作;还有某某毕业生,只因在楼梯口遇到考官,帮他提了一摞书上楼,就求职成功了。

作为一个工作多年,也多次参与招聘的过来人,我真是对这样的教育哭笑不得。没错,对于一次求职来说,细节很重要。你的简历做得好,你的表现真诚有礼,你有一些赢得考官好感的言语或举动,都会为你的求职加分,但是必须知道,仅靠这些绝对不足以得到一份好工作。一个正常的单位招聘员工,最看重的一定是应聘者的专业素养。他能不能胜任以后要从事的工作,才是重中之重,一个正常的决策者绝不会因为一两个美好的举动而聘用一个无法胜任工作的人。同样的,如果你确实具备工作能力,人家对你未来的贡献有美好预期,那么,面试中有一点点小失误小差错,都是比较容易被原谅的。

有一个关于多年前微软招聘中国公司总经理的故事被讲过很多次,到现在还在流传。说有三个人进入了那场面试的最后一轮,当时面试现场没有准备椅子,但每个应聘者进来,考官都会说:请坐。前两个人都茫然地选择了站着说,而第三个人——就是著名的吴士宏,聪明地出去搬了把椅子进来。于是主考官认为此人有思想有见解,有开拓市场的能力,所以选择了她。

这个故事很励志,也很蒙人,不知误导了多少刚刚走上社会的年轻人。他们会误以为原来找工作只是情商的事,靠着一点小聪明就能轻松得到大公司的好职位。其实你用脚趾头想想,如果吴士宏没有人脉,没有工作经验,没有过硬的实力,微软会因为她能主动出去搬把椅子就录用她吗？那才是滑天下之大稽。事实上吴士宏在进微软之前，就已经是IBM中国经销渠道总经理了。

所以，千万不要相信那些对细枝末节的小问题的无限夸大，更不要因为一两个偶然的个例改变对事情的基本认识。如果你要找一份好工作，细节不可忽视，但实力比细节重要百倍。一个好单位的考官一定知道，那些存心表现的小聪明，存在太多偶然因素，实在算不了什么。要不要录用一个人，要看的还是他真正的实力，如果哪个考官会被一些小细节迷惑而一叶障目本末倒置，那么这多半也不是什么好单位，你就算被录用，以后的工作也不会太舒心。

就好比丈母娘相女婿，更看中的一定是他的品格、能力、素养、家庭背景，而不是衣领是不是整洁，西服的扣子扣得对不对。如果他身价一亿，胡子没刮干净又如何呢？如果他负债一亿，表现得再得体，又能怎么样呢？

这都是常识啊。

怎样的人生，
才算性价比高

刘欢在节目上感慨，说现在的人太功利了，有回他跟学生聊天，对方说想选修法语，又觉得性价比不高，很犹豫。他无语：想学就学呗，怎么还扯到性价比了？

作为国宝级艺术家，对学生的功利思想表示无语非常可以理解。但站在普罗大众的角度，我们也完全能理解那位学生对性价比的追求。现在人做事哪还有不考虑性价比的？干什么都得有意无意衡量下投入和产出的关系，合适了才去做。

这也无可厚非。但问题是，我们所认定的产出，通常只局限在"名利"层面，能升官发财，能扬名立万，能获得看得见摸得着的好处，才算赚到，才觉得性价比高。

花两年时间学一门法语，为的是以后好找工作，万一找工作时没用上,不亏了吗?

拼死拼活考研读博,为的是以后找好工作,万一收入职位都不高,不亏大了吗?

研究学问一辈子,成果一大堆,但到退休还没一官半职,连教授都不是,简直白活了……

总之一切都以名利、外物来衡量。能换来锦衣玉食的用处,才是用处。能往脸上贴金的好处,才算好处。风风光光功成名就的人生,才是好人生。

这貌似已是现代社会的常识。但是这不科学啊。

话说孔子当年也很穷,出门讲学还得靠子贡花钱供着,但他的人生性价比怎么样?

李白就更穷,大部分时间赚的没有花的多,最后贫病交加死在旅途。要是以现在的性价比观点衡量,得分恐怕比农夫还低。或者,他老妈若是早料到结局,可能根本就不会送他去读书认字了,踏踏实实在家种田多好,写那几首酸诗有什么用?

"有什么用"是个太险恶的问句,它是把杀人不见血的刀,无数年轻人的理想,都被年长者用这个问句轻轻一戳,就给灭了。

可是如果都照这种实用主义逻辑,唐僧就别取经了,梵高也别画画了,司马迁别写《史记》了,曹雪芹更别著《红楼梦》了,有什么用?窝窝囊囊受苦受难一辈子,还谁谁不待见,有那份时间精力,干点粗活把肚子填饱不是更好吗?

我有个远房的爷爷，头脑胆识过人，在农村做了四十年村长，七十多岁了村民们还不同意他退休。老爷子一辈子带着村里人开山修路，大规模养殖奶牛，又建奶粉厂，建学校，他们村的生活和教育水平都比周边的村高出好大一截，大学生一个接一个地出，小伙子娶媳妇都在别的村挑着找，爷爷的威望更是无人能及。

前几天我爸说起一桩旧事：村里曾经丢过一头才出生三天的小牛，过了两年，爷爷有次去县里办事，路上看到一群牛，他立刻下车过去，指着其中一头跟放牛的说，我是××村的××，这是我们村丢的牛。那人闻言，都没有抵赖，就让爷爷把牛牵回来了。

类似这样的事很多，村里人都对爷爷打心眼儿里佩服，敬重。

老爷子一辈子也没穿过名牌，没多少存款，名声在四邻八村是响当当，但出了县城就没人知道了。若只是用当多大官赚多少钱来衡量，他这辈子可能连个科长都不如。可是，一个人以一己之力给了千百人幸福，自己也过得畅快、踏实，超有成就感，这种人生难道性价比不高吗？比一个大机关里碌碌无为的科长处长怎么样？比一个劳苦奔波殚精竭虑的暴发户怎么样？应该不会更低吧。

所以如果非要算算一件事、一种职业、一个人生的性价比的话，我想就算名利必须作为不可忽略的一项指标，也总得把幸福感、个人价值的实现、为他人所做的贡献等等诸多因素都加上去才行。

好比判断一盘菜的价值，不能只以里面有多少肉为标准，色相、味道、营养也都得算数才合理。

我们去饭店点菜，首先考虑的肯定是一道菜的口味和营养，而不仅仅是里面有几块肉。可为什么到了选择人生大事的时候，我们最在乎的反而是有没有肉呢？

我们对成功者的最大误解

跟M女士一起吃饭。

M是个重量级人物。我以前听说过，没见过。她传闻挺多，多半都是负面，靠姿色上位啊，特别会装啊，父亲在背后扶持啊啥的。所以我初见她，是怀着偏见的。而两小时的饭局后，我对她刮目相看。

M其实没有传说中那么好看，个子不高，却穿了双平跟鞋，衣着有品，但都是不张扬的素色，丝毫没有突出女性特质的意味。这次饭局，大部分人都是第一次跟她见面，但开席敬酒，她逐个说出了在场每一位的名字，热情友善地对每个人都进行了恰到好处的赞美，一番话说得妥帖、到位，听起来特别舒服。

闲聊中谈到一些社会事件，她的见解也显然高人一筹，往往简单两句话就能说出事情的根本。后来有个朋友说想邀请她参加一个活动。她大体问了情况，立刻决定要去，并修改了朋友的建议，说我应该去做什么什么，这对咱们双方都更有意义。——果断利落、思路清晰，足见工作水平不低。

到饭局结束，她逐一跟我们道别，连服务员都没有忽略，而且她跟每个人说的话都不一样，显得真诚而用心。

"说话做事滴水不漏，她的成功绝非偶然。"朋友后来这么评价M。

对于他人的成功，人们常有个惯性思维：都是一样的人，凭什么他得到那么多、过得那么好？一定是他运气格外好，或者走了歪门邪道。

我以前也会这么想，但后来接触的成功人士越多，越发现并非如此。

在报社做记者时，我有段时间集中采访了十几个大企业家。

通常在聊完企业的辉煌后，我都会问一个很俗的常规问题：也有过艰难的时候吧？

无一例外，每个人都会毫不犹疑地回答：当然有。

遭遇经济危机，之前签的合同都成了废纸，仓库里积压大量产品，资金链断裂，员工发不出工资，原料厂商堵门追款。

副手带着主力员工离职，带走大部分客户，公司变成一个空壳，几乎倒闭。

市场变化太快，重金研发的新项目一出来就被淘汰，公司前途渺茫，人心大乱，领导层每次开会都吵得不可开交，员工开始往家搬公司的设备。

……

当然，再艰难，都挺过来了。究其原因，大部分老总都会说，我们运气还不错，正好有一个别的机会，还好有几个朋友帮忙，大部分员工还是厚道……

正应了那句话：命是失败者的借口，运是成功者的谦辞。

但抛开这个谦辞，我看到了这些成功者的与众不同：危机时刻，他们能稳住阵脚，沉下心来寻找并发现新的出路；能果断抛弃曾经深度依赖的项目，坚定掉头，及时止损；能在全体员工大会上，用三小时的讲话稳定住员工的情绪和信心……

他们渡过难关，靠的哪里是什么运气，起关键作用的，分明是他们审时度势的智慧、临危不乱的定力、断尾求生的魄力、安定人心的魅力。

这些，显然都不是偶然因素。

有位L总，我们在那次专访之后大概四五年，又遇到了。

一见面，他就叫出了我的名字，并说：你以前是短头发啊。

我着实吃了一惊。因为我是脸盲，前天见过的人，可能今天就认不出了，所以特别佩服那些对人脸过目不忘的人，也一直以为这是一种过人的天赋。

后来我问L总：您每天见那么多人，是怎么把每个人都记这么清楚的？

他说用心啊。

我说也是有天赋吧？

他说其实我也是脸盲。

我当然不信。

他笑笑，递给我一张名片，说你看，这是我昨天认识的一个专家。

我接过来，只见名片上清清楚楚地写着那个人的大概身高、体重、相貌特征。

这样就不大容易忘了。L总说。

原来如此。

其实谁都知道应该记住交往过的人，因为这是对人家的基本尊重。但我一贯想的是"我也想记住你啊，但没办法，我天生脸盲记不住，您就多体谅吧"。

"我有客观理由，所以就算做得不好，你也别怪我。"这是正常人的思维方式。

而优秀者的想法往往是"我是脸盲，但我知道这会让人不舒服，所以要想办法解决这个问题"。

他们会要求自己做得更好，而不是要求别人体谅自己的无能。

成功者未必有多好的天赋和运气，但他们对自己要求更高，也更用心地去待人待事。天长日久，就跟普通人拉开了差距。

而我们却常常对成功人士有很大的误解和偏见，你也一定常听到这样的话：

他能有今天，还不是全仰仗他老爸。

他全靠请客送礼拉关系，才坐上今天的职位。

他特别走运，赶上了风口，公司一下就起来了。

她有什么本事啊，不就是傍上了×××嘛。

……

很少有人会看到，那个传说中靠姿色上位的女人，说话做事滴水不漏，水平明显高人一筹。

那个被认为走了狗屎运的老总，眼光精准出手果断，有非同一般的眼界和智慧。

其实这世上，大部分人的成功，都是因为他们具备优秀的特质和积极的思维方式。

偶然因素可能导致人的失败，但成功，多半都不是偶然。

我们不能因为不了解，就臆想别人只是运气好，或是走了歪门邪道。

曲解别人的成功，固然会让人获得些许心理安慰——我没成功，不是因为我差我懒，而是我运气不行，我爸不行，我不会阿谀奉承，我有做人的底线……然后我们就可以放任自己不努力、不提升、不改变，心安理得地待在自己的舒适区。

只是，我们越给自己创造这种借口，就越远离了成功的可能，也就会活得越平庸失意。

真正的勇士，应该敢于直面惨淡的人生，敢于正视别人的成功。

我们若想取得别人那样的成就，首先就得看到并承认别人的优秀和努力，然后树立自我修炼的标杆，踏踏实实地，向成功靠近。

别怕，上帝也一定给你准备了跟生活厮杀的利器

电影《三傻大闹宝莱坞》中有句经典台词：朋友不及格，我难过，朋友考第一，我更难过。

你看到这句，有没有会心一笑？

嗯，谁都别装圣母，人之常情的事儿，大家都会有。

当然，我们通常只肯承认"朋友不及格我难过"，因为这难过显得挺高尚的。而"朋友考第一我更难过"的情况虽然也是客观存在，但这个必须小心藏好，否则就等于宣告我卑鄙龌龊小肚鸡肠，阴暗无理嫉妒心强。

真有那么邪恶吗？我觉得不是。

王小波说，人的一切痛苦，本质上都是对自己无能的愤怒。此言相当有理。不过，鉴于有些人可能没那么大火气，"愤怒"也可

以说成"焦虑"。

朋友考第一给你带来的痛苦，应该就是出于"对自己无能的焦虑"，而不单单是通常人们所认为的嫉妒。

其根源是，你和朋友生活在一个圈子里，面对共同而有限的资源，如果TA忽然表现出强大的能力，就预示着将要占去更多资源，而居于劣势的你，则不得不让出本应属于自己的部分，如果你本来拥有的就不多，自然会觉得受到了威胁，也自然会感到焦虑、恐慌、悲哀、自咎、消沉……这么多的负面情绪袭来，想不难过都不行吧。

记得去年有个读者找我，说单位人事调整，一个比她晚一年进单位的同事毫无先兆地升职成了她领导，其实那同事业绩远不如她，只是会讨好老总。她对这种用人机制特别失望，快半年了，还是调整不好心态，对工作特别抗拒，想辞职却没勇气，整个人负能量爆棚。

我仔细帮她分解了一下，这痛苦的来历应该是这样的：
她渴望升职。
她业绩比那同事好，所以默认要升肯定她先升。
同事却升了，抢了她的潜在奶酪。
同事成功的原因是会讨好领导，而这点她完全不行啊。
要是讨好领导才能晋升，她可就没盼头了。
焦虑。痛苦。

这痛苦来得合情合理，只是我觉得大可不必沉浸其中。

因为真正让她痛苦的，并不是没有升职——如果单位没有这次人事调整，或者升职的是个业绩比她好的人，又或者她也很会讨领导欢心，想必她都不会难过得半年缓不过劲儿来。她纠结的，其实是这单位需要会拍马屁才能升职，而她没这本事，本质上还是"对自己无能的焦虑"。

可她真的无能吗？她业绩很好啊，没点真本事做不出这么好的业绩吧。既然有资本有能力，又何至于如此忧虑？

所以我给她的建议是，如果这单位一贯如此用人，就趁早一走了之，若只是某位领导的个人偏好，就继续做好业务，静待时机。当然，也有必要试着提升一下自己的人际交往能力。

后来我在朋友圈看到她换了工作，现在已经做到副总。

一转身，海阔天空。

有时候我们会被狭窄的视野困住，因为目力所及看到的成功都是源自某些特定的实力，而在这些方面，自己恰好不行，于是免不了灰心丧气。

王尔德有言：来自敌人的困难可以忍，来自朋友的成功则不可忍。这种貌似奇怪的人性，其实有合理的根源——敌人的困难是世界对你的挑战，而朋友的成功则会映照出你的无能，你可以坚强面对挑战，却很难愉快地接受自己无能。

人类的相当一部分苦恼，都来自"朋友的成功"，来自跟周围人的对比，所以常听人说"做好你自己就行了，不要去跟别人比"。这话说得轻巧干脆，可事实上没有人能做到。

人的大脑里，先天就设置了"参照模仿他人"的程序，没有任何人能违背天然属性，完全不关注别人，只淡定地玩自己的——就算做到，也不太可能玩好。因为一个人对自身的认识，很大程度都源自与身边人的比较。通过看别人，来更加准确地认清自己，了解自己的长处短处，独特处平庸处。

这种参照非常必要，只是我们更需要在这对比中发现自己的长处，而不是只透过朋友的成功看到自己的劣势。

我有个做司仪的朋友，做得特别好，他主持的婚宴或庆典，东家没有不满意的，想找他得提前两个月预约。

他很会唱，常在主持时随口来两句，惊艳全场。

有次我夸他唱得好，他嘿嘿一笑，说别提了。

原来这家伙大学是学声乐的，他这副嗓子虽说也不错，但在专业队伍里是不太拿得出手的，所以整个大学时期，他的专业成绩基本都垫底，他看着别的同学各种演出各种拿奖，苦恼得不行，一度得了抑郁症，成宿睡不着觉，吃了四个月抗抑郁药。

大学毕业后他直接改行做了销售，但也是不如意。直到后来有个同事结婚，说你口才不错又会搞笑，就凑合着当个司仪吧，我省点钱。他就去了，没想到效果还特别好，后来公司同事结婚都找他。他慢慢发现自己挺是这块料的，干脆辞职做了专职司仪，人生从此柳暗花明。

我后来想,这朋友读大学时的挫败,完全是大象在跟猴子比爬树,看着人家一个比一个爬得高,轻轻松松甩自己十几条街,换谁都会痛苦——也就是为自己无能而焦虑。但冷静想想,生活是个多广阔的竞技场啊,爬树不行你可以比跑步啊,跑步不行你比游泳啊,游泳不行比举重啊,可能你确实在许多方面都技不如人,但只要有一个优势项目,你就可能成为人生赢家。

而我始终坚信,没有一个正常人是蠢到一无是处的,上帝一定给每个人都准备了一样跟生活厮杀的利器,问题只在于你有没有找到。

所以,不必看到别人手里拿着利剑而万分焦虑,很可能你的怀里揣着枪呢。在被打得落花流水的时候想一想,你是不是比错了项目,好好摸摸自己的口袋,找到那个最让你自信的、最多人为你点赞的、最常带给你优越感的能力,那就是你的武器,掏出它来,到属于你的战场战斗吧。

把人生
紧紧握在自己手里

Chapter 2

把自己的人生紧紧抓在自己手里，才可能活得有尊严有保障有安全感，内心也才能真正洒脱坦然。

世上哪有值得托付一生的男人啊

参加亲戚的婚礼,新娘子很可爱,互换完戒指,娇俏地说:我这辈子就交给你啦,以后不许欺负我哦。新郎嘴也甜,马上接:放心吧,我会爱你一辈子。

亲人们都在下面笑,场面很美好。

坐在我身边的姐姐却轻轻摇头,叹道:我们也说过一模一样的话。

我知道姐姐正闹离婚,因为姐夫出轨,还出得挺扎实,对小三情比金坚,给人家买了房买了车,一心想离婚娶她。姐姐气不过,拖着不肯离。她是全职妈妈,一个人带着女儿咬牙切齿地过,姐夫现在基本不回家,也不给她们钱,姐姐眼看着要熬不下去了,心里特别绝望,特别恨。

"我把一生托付给他,他却这样对我,男人真是靠不住。"姐姐说。

男人靠不住。这几乎是所有婚姻失败的女人在痛彻心扉后的血泪总结。此言当然不够客观,但无数前车之鉴明晃晃地提醒着我们:靠男人,风险很大的。

所以,最好不要对任何男人说"我把一生托付给你""我这辈子就交给你了"这样的话,更不能抱有这样的想法。哪怕你决定嫁给他,你心里认定了他,你决心要一辈子跟他在一起。

你的人生,必须永远是你的,不能托付给任何人。

婚姻本来就是两个人基于共同的感情和利益而达成的合作,虽是结成了一个共同体,但双方也是平等和独立的,要各自付出,各取所需。应该是你备柴米,我备油盐,我们过柴米油盐的日子。或者,你在前面打拼,我在后方补给,我们共同打造更理想的生活。分工可以不同,但权利义务必须对等,必须是各自撑起一片天,共同把握生活的方向。若依靠,也是彼此依靠,若需要,也是互相需要。绝不能是我把自己交给你,由你处置,或者我完全仰赖你、依附你,一旦你抽身而退,我便立刻陷入绝境。

这种盲目托付和过度依赖,既是对自己的不负责任,也是对对方的强行绑架。"我把自己交给你,你以后要对我好",这难道不是一个霸王条款吗?这话在情深意浓时说出来可能很动人,但当境况转变,爱情消退,男人冷静下来,发现你不是一个合作伙伴,而是一个包袱、一个牵绊、一种对他的消耗，他一定会问：凭什么？

你不是刘禅，他也不是诸葛亮，凭什么让你爸把你完全托付给他呢？他又凭什么做这个接盘侠呢？

任何一个独立的成年人，都没有理由把自己托付给另一个人，而另一个人，也没有义务接管别人的全部人生。

很多女人，就是太把自己当女人了，心理天然弱势，不独立，不自强，习惯于依赖和攀附，理所当然地觉得，作为女人，自己就是要靠男人才能活得好，所以才有了"婚姻是女人的第二次投胎"的说法，这真是太糟糕太危险了——把一生的幸福和希望都寄托在所嫁的男人身上，就等于把自己的人生拱手相送，使自己完全处于被动局面。万一那个接手你的男人能力和品行都不济，那不是妥妥的悲剧了吗？而且事实上，人没有绝对的好与坏，男人对你好不好，很大程度上取决于你在他生命里的价值。你若是他的左膀右臂，他想必会爱你保护你珍惜你，而一旦你变成包袱累赘，他大概就会厌烦苦闷，想办法甩掉你。

所以，虽然女人的有些社会能力确实不如男人，但这绝不是你要靠男人活的借口，相反，应该为此而更加努力，不断提升自我，使自己有强大的生存能力，起码要能够满足自己的基本生活需求。你应该有自己的事业，自己的生活，自己的社交圈子。你和男人可以彼此依靠，但你们各自人生的重心，必须都在自己身上。如此，他才不会觉得自己被拖累，进而想摆脱你。退一步，即便他跑掉，你也能迅速调整姿态，重新活出一个好好的自己。

曾经有读者问我"什么样的男人值得托付一生"。我说，没有任何男人值得。

不是说男人都是坏蛋蠢货，而是，你的人生根本就不应该托付给任何人，品德再好、能力再强、再深爱你的男人也不行。因为没有男人会像善待自己那样善待你，他有他的想法，他的规划，他的喜怒哀乐，你们的利益并不完全一致，有些方面甚至相互冲突，你把人生给了他，未来的日子势必不会完全如你的意。

也有读者问过我："跟男友发生了关系，现在他不想对我负责了，怎么办？"我觉得这个问题本身就有很大问题——发生关系是你情我愿的事，你没有为此受到伤害，为什么要以此为据要别人对你负责？而且，老弱病残才须要有人负责，有人照管，你一个正常的成年人，有谋生能力，有独立的人格，为什么要让另一个人负责你？抱有这种想法的人，以后结了婚，也很可能会自轻自贱，自甘下位，要么把男人抓得太紧，要么被对方吃得太死，想来幸福指数不会太高。

很少有男人会对女人说"我为你付出这么多，你要对我负责"或者"我把下半辈子托付给你了，你一定要好好对我"，因为他们知道自己的人生必须自己掌控，他们也有自己掌控的能力。所以也很少有男人抱怨"女人靠不住"，因为他们根本不会靠在女人身上。也所以，现实里的婚姻中，男人通常拥有事实上的主动权——能过最好，不能过就散，散了他们通常也不会陷入绝境。

如果女人也能有同样的心态，世上就不会有这么多怨妇了。

这个社会已经大体实现了男女平等，每一个正常的女人，都可以通过努力活出自我，掌控自己的人生。既然自己可以掌控，为什么还要交给别人？如果谁再向你灌输旧社会思想——"在家从父，出嫁从夫""嫁鸡随鸡，嫁狗随狗""女子无才便是德"……你就可以开口骂人了。

我们嫁给一个男人，是决定在未来的几十年里，跟他协力合作，打拼出更好的人生，不分主次，没有从属。而不是把自己的未来全权交托给他，他水涨你船高，他栽跟头你也一起掉沟里，他情深义重你没事儿偷着乐，他胡作非为你都不知道找谁哭去。

所谓"给你我的全部，你是我今生唯一的赌注"这是歌里唱着玩儿的，是谈恋爱时说着玩儿的，不可当真。否则，今天你有多勇敢，日后就可能有多怨恨，今天抱着多大的期望，日后就可能陷入多深的绝望。

婚姻是一生一次的托付，但你托付给对方的，应该是爱，而不是人生。把自己的人生紧紧抓在自己手里，才可能活得有尊严有保障有安全感，内心也才能真正洒脱坦然。

别信"结婚要趁早"这种鬼话

那个女人很美,二十八岁,已经结婚七年,有两个女儿。

她来找我,第一句话就说:真后悔那么早结婚啊。

她老公是她的初恋,富二代,当年他们郎财女貌,人人都说般配,那时她也太小,头脑一热说嫁就嫁了。但是婚后,她很快发现生活根本不是之前想象的样子,老公不懂感情,自私狂妄,整天在外花天酒地,在家的时间少得可怜,也不怎么跟她交流,就算聊天也常常是说不到三句就吵起来,她抱怨他不体贴,他骂她神经病,再多说就动手砸东西。本以为有了孩子会好些,没想到生了大女儿后,他更不着家,常常夜不归宿,家里什么事都不管,唯一给她的,就是钱。她每次给他打电话,他第一反应都是"卡上又没钱了?"现在小女儿也两岁了,他们基本各过各的,形同陌路,她几乎每天都是在孤独压抑中度过。有一次她的高中同学聚会，一个女生带着男朋友去了，两人亲亲热热谈笑风生，她看着那一对，羡慕得不行。都是同龄人，她和那个女生却已完全活在两个世界，人家还在那么美好的恋爱状态，而她外表虽然还光鲜，心早已是个历尽沧桑的老妈子。

她想离婚，问我意见。

我其实一贯不主张轻易离婚，尤其是有孩子的家庭，但这次我支持了这位年轻妈妈。只有钱的婚姻，实在没什么留存的必要。离婚自然会面临很多现实问题，可谁让当初选错了呢？

不久前，还有一位男士找我。他结婚三年，老婆也是二十一岁就嫁了他，他也是她的初恋。"打结婚那天起，日子就没消停过。"他说，她不做家务，不会处理婆媳关系，花钱完全没节制。而这些都是小问题，最让他难受的是她对他的控制：每天都要翻他手机，不许他跟任何女人聊微信，所有她觉得可疑的女人必须拉黑，晚上七点前必须到家，如有饭局，要提前一天说明都什么人参加，不许喝酒，不许K歌……

"是不是你做过什么出格的事，让她不放心你？"我问。

他苦笑：刚结婚时，有次同事聚餐，餐后他顺路送一个女同事回家，对方到家后，出于礼貌给他发了条信息，说"今晚谢谢你"。结果老婆看到了，闹了一整晚，逼他说出跟那个女人的关系。其实他们一点都不熟，话都没说过几句。他一再解释，但老婆就是不信，连着一星期，天天下了班就去他单位楼下等，非要见见那女同事，当面问她。人自然是没见着，但这事儿就成了个把柄，成了他不忠的证明。

他说，老婆其实优点也不少，善良、活泼、有趣，但就是不能容忍一点点感情杂质，每次发现他跟别的女人有一点正常交往，都要大哭大闹，寻死觅活，仿佛他做了多伤天害理的事。

"以前觉得她很单纯，现在才知道，太单纯了真的很可怕，根本没法讲道理"，他说，现在天天揪着心过日子，完全没有个人空间，没有自由，没有自我，特别累。

他本来已有离婚打算，可还没等下定决心，她忽然怀孕了。让她打掉孩子，他不忍心。但想到要跟这个"单纯的泼妇"几十年过下去，他又特别崩溃绝望。

怎么办呢，他纠结。

确实很难办。

我其实觉得，他老婆未必是性格极端，很可能只是太年轻，对感情认知太浅，不懂男人，更不会经营婚姻，把本来可以很好的日子，过得一团糟。如果能给点时间，让她长大成熟，她的观念和处事方式可能会有转变，到时候状况会好起来。

但这只是我作为局外人的推测，陷在婚内的那个男人，未必肯冒这个险，也未必有耐心去等待。何况，很可能在她想明白之前，他对她的爱和好感已经消磨殆尽，那么就算勉强熬下去，日子也是苦的。

常听人说"结婚要趁早"，我实在不能赞同。

一个女人，在心智尚未成熟，对男人、婚姻，甚至自己都没有足够的认知时，就匆匆忙忙结了婚，结果多半是糟糕的。

你看他又帅又能干，才华横溢，口吐莲花，却看不出他还有自私虚伪、霸道暴躁的另一面。

你看他恋爱时对你体贴入微言听计从，以为他会一辈子对你这样好，却不知道真的朝夕相处后，他总会回到平淡的常态，可能一星期都对你不闻不问，懒得说一句话。

你以为男人都会像言情小说或者偶像剧里那样，为爱生为爱死，一生只爱一个人，面对多少挫折都痴情不变。怎么能想象他会为了婆婆的一句话就跟你吵架冷战，为了你买了件昂贵大衣就勃然大怒？怎么能接受他对办公室的性感女同事心旌荡漾蠢蠢欲动？

你以为结了婚，对方就完全属于你，是你的私人物品，任你摆布管制，不懂得他永远都是独立的人，有他的隐私、忌讳，需要很大的私人空间。

甚至，你以为自己会为了那个深爱的男人无条件付出，做他的贤妻，为他打理好一切，却没想到每天琐碎的买菜做饭、洗衣拖地，自己根本应付不来……

婚姻不是过家家，一旦迈进，必然面临许多复杂的现实问题。如果你根本就还是个孩子，要做好一个新家庭的主人该有多难。

人在年轻时，总有很多不切实际的幻想。这些幻想会随着心智成长、阅历增加而渐渐消散，化为对客观世界更准确的认知。也只有在大体看清了世界、了解了自我之后，人的判断、选择、行为方式,才能基本靠谱,不会出太大差错。

一个太年轻就结婚的姑娘,就像一个小学毕业就开始工作的孩子,或者一个不了解交通规则、驾驶技术又很差的人冲动地开车上了路,一路的磕碰和危险可想而知。

婚姻是人生的一个重大选择,选错的代价,通常都很大。所以最好不要在自己眼睛还不够亮的时候做决定。你尚且是非颠倒、幼稚盲目,就算深思熟虑,也未必客观。

中国社会对女人的年轻,有一种几乎变态的偏好,以至于很多姑娘,二十四五岁就觉得自己老了,觉得进入了衰退期,开始担心在婚姻市场上贬值,到三十岁不嫁人,就不得不接受剩女的标签,陷入恐慌。而男人又普遍有一种"喜欢单纯姑娘"的劣根,所以中国的姑娘们三观都超正:轻易不肯恋爱,一恋爱就必须奔着结婚去。如果觉得某人不适合结婚,多半不肯与之交往,免得浪费青春,以及破坏自己的纯洁性。

"所有不以结婚为目的的恋爱都是耍流氓",这话我们常当笑话讲,但很多中国女人骨子里,其实是认可这个观念的。

一个女人可不可以为了恋爱而恋爱呢?我觉得可以。不是为了耍流氓,而是要体验、学习、成长。

当然,前提是不能滥情。

人是通过练习弹钢琴而学会弹钢琴的,也是通过练习谈恋爱而学会谈恋爱的,确切地说,"与男人交往时的分寸与技巧",是习得性能力，仅凭想象和他人教导难以掌握，一定要自己真正谈几次恋爱，才能知道爱情是什么东西，男人有什么特性，怎么做才能与之和谐相处，彼此满意。

有过一些恋爱经验的女人，往往眼睛更亮，更清楚手边人是不是合适的结婚对象，不至于嫁了之后才发现极度不和谐。而在爱情里游荡几回之后，女人也便知道了爱情和男人都不会有想象中那种百分百的高纯度，期待值更低，自然也便更宽容，不至于为了对方一个暧昧短信就要死要活。

这个社会流行着许多"遇到什么什么样的人就嫁了吧"这样的语录，年轻姑娘也常被告诫不能太挑剔，不要太拖拉。我们过多地恐惧结婚太晚的弊端，却对过早盲目结婚带来的恶果视而不见。初恋就结婚，刚满二十岁就结婚，听起来固然美好，但其后隐藏的风险，常常不为人知。

"结婚要趁早"这种理论，实在经不起推敲。一个人要有多好的运气，多强的眼力，才能一进苹果园就摘到最大又最适合自己口味的那个苹果？就算摘到了，也未必抱得动，保护得好。

当然，所谓的早晚，是以心智而非年龄为准的。具体二十三岁还是三十岁结婚算合适，要看一个人心智的成熟度。

太晚会错过，会丧失热情。太早则极容易选错，就算选对也很可能驾驭不了。

在刚好懂了，又还不太世故的时候结婚，是最理想。

"你有病吧？"
男人为啥老这么说女人

我的咨询者里，女人居多。但有趣的是，很多女人是被老公或男朋友推送来的。

有的是男人直接找我，说"我老婆（女友）心理有问题，请你帮她分析一下。"

更多的是男人一直在家里说女人"你心理不正常""你有病"，导致女人也怀疑了，觉得自己可能真有病，于是来找我。

那么，是不是真有病呢？

举个例子来说（经咨询者同意公开）。

S女士，结婚六年，第二年时，老公曾经跟前女友联络频繁，常常三更半夜聊天，也一起开过房。S发现情况后，大闹了一阵子，老公当时又道歉又承诺，又做家务又送礼物，处理得非常不错，让她安心不少，所以这事儿也就算过去了。

但是今年，S无意间发现那位前女友换了工作，单位就距离她家不到两公里。这让她非常火大。虽然也知道这很可能只是巧合，但心里就是放不下，总觉得说不定哪天就又出事儿了。于是她拼命查她老公的行踪，翻看他的通话和聊天记录，发现一点不对劲儿就歇斯底里地闹，忍不住一次次翻出陈年旧事来掰扯。

她老公挺委屈，开始还安抚她，后来就跟她对吵，两人越吵越凶，家里的杯子盘子都快摔光了，S抓得老公胳膊上全是伤，夏天都没办法穿短袖。

老公说要不咱就搬家，搬得远远的。但是S觉得搬家太麻烦，为了那个女人这么折腾犯不上。老公说不想搬家你就消停点。S又做不到，一想起老公下班路上可能遇到那个女人，他们可能旧情复燃，就抓心挠肝地难受。

她老公跟我说：其实我现在真一点事儿没有，但她就在那凭空想象，想象得特别荒唐，自己还觉得是真事儿，然后就拼命跟我闹，这难道不是心理疾病吗？

S也说：我就是控制不了自己的情绪，明知不该闹，却忍不住。我是不是真有病啊？

说实话，作为女人，我理解S的心态——因为觉得处境受到威胁，而之前又受过伤害，所以处于极度警觉状态，如一只惊弓之鸟，分外敏感，分外疑虑，忍不住采取很极端的方式来保卫自己的安全。

我不觉得这是心理疾病。只能说是有点偏激,有点情绪化,处理问题的方式不好。

但男人是理解不了的。男人一般没有那么强的想象力和那么敏锐的触觉,体会不到女人在感情面临问题时内心的复杂情绪,所以他们不能明白女人的极端反应,只能将之归结为"有病"。

生物特性决定了男人在感情方面通常比较粗犷,感知能力较低,而女人则更敏锐,更能捕获到一些微妙的东西,并产生相应的体验,这种性别差异造成了很多冲突和误解。

比如女人会喜欢烛光晚餐的美妙氛围,会在听到一首情歌时伤感落泪,会因为男人不经意的一句平常话而暴怒。

以上感受,男人往往不能体会,更不能理解,所以简单粗暴地认为是女人矫情、作死。

如果只是这些小事件还好说,一旦事儿稍微大点,影响到男人的感受,他们就会觉得是强行矫情,强行作死——这就是有心理疾病了。

于是我们就会听到男人这样抱怨:

"我忙着开会,两个电话没接她,也忘了回,她居然就哭了整整一晚上,一星期不理我,至于吗?有病吧!"

"每天晚上我下班,她都得凑我身上闻闻,有时候莫名其妙地就说'味儿不对',要死要活地闹,真有病!"

"因为忘了她生日,就气炸了,要分手。说之前暗示过好几次我都没上心,说我一点也不在乎她,还说我对她没有前女友认真,前女友过生日我都送礼物。你说这有什么可比性吗?天地良心,我这次是真忘了,可是补也不行,就是要分手。病得不轻吧?"

在男人看来,两个电话没接、一次生日礼物没送,多大事儿啊。你表达一下不满,我做出解释或者道歉就OK了,至于闹成这样吗。

当然,换做男人遇到同等情况,他们自然是不会大闹特闹,甚至可能一笑了之。

这种"大度",其实并非源于他们心理健康,而是他们的感知度没那么细微。而女人之所以在意,当然也不是因为"有病",而是她们细腻敏锐,对某些事情感受更深刻,以及,控制情绪的能力稍差。

很多时候,一件客观上五分的事情,男人可能只能体会到三分,而女人却能放大到七分。这四分的差距,就成了男女关系里的威力不等的小炸弹,一不留神就会引爆。

一件生日礼物,在男人眼里就是一件生日礼物。而在女人看来,那是爱的表达,是你在乎、体贴、关心她的证明。她看重的,不是那件礼物本身,而是那礼物散发的浓浓爱意。因为她心里对你有这种爱意,所以便预期你也该如此。她们希望感情对等,她做到了什么,你也要做到,而你做不到,就说明你爱她没有她爱你多,她可能就会隐隐觉得没有得到应得的东西，亏了，所以失望、委屈、愤怒。

这些情绪表达出来，在男人看来，就是闹，所以男人最常说的一句话就是"别闹了"。而女人特别反感这句话，因为所谓"闹"，暗含着无理取闹、小题大做。但女人觉得自己有理有据啊，是在争取自己正当权益啊，怎么能定性为撒泼耍赖？

"闹"的背后，一方面是女人发泄情绪，而更重要的，其实是她在用一种激烈方式来表达自己，刺激对方，以使其惊醒，然后满足自己的期待。

我其实是不赞成这种方式的。因为这种"闹"的正向作用有限，多数情况都无效，甚至有副作用。比如男人可能会在受到一次刺激后意识到，"喔，原来她这么在乎生日礼物，以后要记得送"，但他们在准备礼物的时候，依然只觉得是给女人买个东西而已，不会真正体会到这件礼物在女人心里的意义。而如果"闹"得过火，他们会心生反感，暗暗给你减分。

或者如本文开头所说的S，她老公一定意识到了要收敛自己的心，不能跟前任再有瓜葛。但他难以理解S闹成这样的背后原因，只觉得是她有病。若他一心向好，想办法给老婆"治病"还好。万一形成"你有病，我懒得理你"的心态就麻烦了——他越懒得理你，你越要用更疯狂激烈的方式刺激他，而你越闹得厉害，他就越觉得你有病。

所以，对女人来说，如果不想让关系陷入恶性循环，还是要多多平静沟通为妙，可以严厉，但不要疯狂，以让对方知道你内心的真正想法为最终目的。同时，不要赋予小事情太多意义，不要期待对方完全懂得你的感受，因为他通常做不到。

而男人，则要尽力去了解你的女人，试着用她的思维方式去想问题，不要鲁莽地激化她的情绪，因为很多时候，真的不是她有病，而是你确实触痛了她。

出轨的爱人,要不要原谅

民国和新中国初期,有许多不寻常的爱情故事。

如果你困惑于到底什么是爱情,这些故事可能会给你料想不到的答案。

如果你觉得自己的爱情生了病,这些故事或许能给你提供些疗病的方子。

故事一,瞿秋白和杨之华是一对著名伉俪。其实初相识时,两人都已结婚,他是她的老师。后来瞿妻病故,瞿秋白渐渐爱上了杨之华。当时杨独自在上海大学读书,而她老公沈剑龙在家乡拈花惹草。杨多次写信,沈只字不回。杨内心对瞿秋白的翩翩风度和绝世才华也十分倾慕,但发觉瞿对自己的感情后,还是不知如何是好,于是回了萧山娘家，暂时回避。瞿秋白不愿放弃，追到萧山杨家。

当时沈剑龙也在萧山，而沈和瞿居然一见如故，沈对瞿的人品与才华十分景仰，然而面对着复杂的感情问题，他也很矛盾。

于是三人开始了一场奇特谈判：先在杨家谈了两天，又去沈家推心置腹谈了两天，最后又转到瞿秋白家谈，当时瞿秋白家徒四壁，连张椅子都没有，三人就坐在一条破棉絮被上谈。谈判结果，是在上海《民国日报》上同时刊登三条启事：一是瞿秋白与杨之华结婚启事；二是沈剑龙与杨之华离婚启事；三是瞿秋白与沈剑龙结为好友启事。很快，瞿、杨在上海举行了结婚仪式，沈剑龙亲临祝贺。之后，瞿和沈也成了好友，经常书信来往。

故事二，是那段堪称经典的梁思成与林徽因的爱情。二人结婚后，林徽因身边一直不乏追求者，其中最著名的就是金岳霖和徐志摩。

金岳霖才华超众，他长期与梁家比邻而居，是梁家沙龙的常客。有个细节很多人都知道的，说有一次林徽因对梁思成说，她苦恼极了，因为自己同时爱上了两个人，不知如何是好。梁思成苦苦思索一夜，认为金岳霖比自己更好，于是他告诉妻子，她是自由的，如果她选择金岳霖，就祝他们永远幸福。林徽因又把一切告诉了金岳霖。金的回答更令人惊异：看来思成是真正爱你，我不能去伤害一个真正爱你的人，我应该退出。此后，三人相互间更加信任，甚至梁思成林徽因吵架，也是找金岳霖仲裁。

而徐志摩与林徽因的感情就更不寻常，生前的种种不说了，1931年徐志摩乘飞机失事，林徽因闻讯当场昏倒，后来她让前去奔丧的梁思成带回了一块飞机残骸，并一直把那残骸挂在自己床前，达二十四年之久。

你说梁林感情不好？当然不是。他们一生一起走南闯北，琴瑟和鸣非常恩爱，到1955年林徽因病重住院，听说梁思成处境不好，忧愤交加，拒绝吃药，终于在那个冬天离世。在她离开的那个清晨，梁思成被扶到她的病房，从不流泪的他哭得不能自已。

故事三，是关于傅雷与朱梅馥。他们结婚后，朱用菩萨一般的性情一次次扑灭傅的躁烈，朱梅馥在家书里对儿子傅聪说：我虽不智，天性懦弱，可靠了我的耐性，对他无形中有些帮助，这是我觉得可以骄傲的。现在我们真是终身伴侣，缺一不可。

浪漫的傅雷婚后有过多段婚外情，某段时间，他发了狂地追求学生的妹妹，朱梅馥知道后，依然宽厚地容忍他，把那个女子当朋友对待。后来该女子离开了上海，若干年后她说，她是被朱的善良宽容打动，无法面对，主动退场的。

到1966年，傅雷与朱梅馥在家中双双服毒自缢身亡。为防止踢倒凳子的声音吵醒邻居，他们还事先在地上铺了一床棉被……朱梅馥曾经对傅雷说：为了不使你孤单，你走的时候，我也一定要跟去。

她实现了自己的诺言。

这些故事，都非常挑战我们的爱情观。虽然主流观点已经将之奉为"爱情佳话"，但我相信，一定有很多人看了以后感到不爽和不解，潜台词大概是：这都行啊？分明是胡闹哪里是爱情？当事人都是神经病吧？

是的，这确实不符合我们对爱情的美好想象。一直以来，我们都认定爱情应该是忠贞、纯粹的，我们想要的是"愿得一心人，白首不相离"，三心二意绝对不行。

可是理智点想想，这世上到底有没有"一心一意，至死不渝"的爱情？就算有，又能有多少？我们遇到的几率又有多大？

很多时候，现实是不能理想化的。我们都懂得世上不存在只有快乐没有烦恼的生活，不存在只有优点没有缺点的人，那么，又有什么理由要求爱情必须完美无缺呢？

我常常被问"要不要原谅出轨的爱人？""要不要容忍爱人心里还藏着别人？"通常情况下，我觉得是要的。当然，原不原谅，容不容忍，关键还要看TA在你心里的分量、你们这份感情的生命力，以及你的心态和处理复杂感情的能力。

其实再好的爱情，也会在浪漫美妙里，天然地携带病菌和杂质，会有私心，有算计，有短暂的分神。我们要做的，是促进它的美好，维护它的健康，接纳它的小瑕疵。只要主体是好的，就不要轻易灰心，轻言放弃。若实在无力回天，也该尽量好好放手，不要呼天抢地地怨，不要歇斯底里地撕，真的没好处。

每一段爱情，都是命运随意撒在你心里的树种，有些种子连发芽的机会都没有，有的就算发了芽也很快枯死了，而那些真的有幸生根吐枝的，也一定会遭遇各种磨难：生虫长疤、营养不良、暴风袭击……这个时候，如何应对十分重要。同样一棵树，不同人养，结果可能完全不同。不管不问任其自生自灭是一种，虫来了捉虫鸟来了轰鸟是一种，把捉来的虫子喂鸟让鸟在树上坐窝，也是一种。最可惜的，是根本不管那树扎了多深的根，生命力多旺盛，单单因为一根枝丫生了虫，便悲愤地拔掉整棵树，结果落得满心遗憾和伤痕。

其实爱情的健康范围很广，它可能以各种各样的面貌出现。你若足够宽容、智慧，它便不会轻易离你而去，你也不会轻易被它中伤。所以，还是要跳脱狭隘的爱情观，以更理性、更包容的心态去看待它。千万别得了个小感冒，就以为病入膏肓无药可救。有时候你以为到了绝境，但很可能退一步，转个弯，加把油，它便绝处逢生了。

○ You jump, I jump

    她老公是搞工程的，一年十二个月有十一个半月在外面，赚钱倒是不少，俩人感情也算挺好，只是这血肉之躯，难免会寂寞。去年女儿上了寄宿小学，她的生活就更空了。报了个烹饪培训班，糊里糊涂就跟班长好上了。本来也就是补个空儿的事儿，但几个月相处下来，她发现自己越来越爱那个人，性格爱好，人生观价值观样样对路。男人老婆在国外，也是空窗。两人你侬我侬，倒有了几分长相厮守的假象。

    不想前一阵子男人的老婆忽然回来了，横刀立马把男人收了回去。她一时难以接受，像生生被撕掉了一块肉，苦不堪言。男人也总说真心爱她，割舍不下。她想着跟自己老公这牛郎织女的日子，不知何时才能休止，人生短短几十年，既然找到了更合适的人，还不如快刀斩乱麻，离了算了。跟他商量，他很痛快：你离我就离。他这么一说，她又为难了。一方面舍不得老公和女儿，另一方面又怕他离不掉，把自己放了空。

她问我：到底是守着这个安稳寂寞的家空度余生呢，还是离婚去追求人生第二春？

我一下想起了《泰坦尼克号》里面的Rose，那个义无反顾放弃纯情高富帅，去追求有为流浪汉的女人，情况虽然大不相同，但男人那句"你离我就离"和Jack那句经典的"You jump, I jump"何其相像。只不过Jack后来还跟了一句"I know you won't jump"。我想这八成也是男人内心里的潜台词。他敢说"你离我就离"，是因为"我知道你不会离"。

姑且不从道德的角度评判，也不去怀疑他们真的是彼此那个"对的人"，只从男人那句话来说，我对这感情不抱希望。你离我就离，听着挺大气，其实是典型的小男人心态。他把最困难的选择交给你，把最大的风险让你承担，自己躲在后面，见机行事，见风使舵。心里面很可能想的是，你肯定不会离，所以这个承诺相当于没做，即保全自己的形象和你们的关系，又不伤你的心。退一步讲，就算看到你真的付诸举动，到时候再阻止你也不迟。退两步说，哪怕你真离了，他左推右挡自己死活不离，你也不能上法院告他去。说实话，对于中年男人口中的所谓真爱，我一向持极大的怀疑态度，就好像十岁以下的孩子谈政治一样，四十岁以上的男人谈爱情也蛮不靠谱的，尤其在需要做出伤筋动骨的舍弃的情况下，真心敢为一个女人怎么样的男人，凤毛麟角。

所以，情话再动人，是在床上和电影院听的。"You jump, I jump"这是电影，是艺术的虚构，"You jump, I jump. Because I know you won't jump"才是血淋淋的现实。真到了你需要他跟着你jump的时候，很可能摁着他的头，他都不jump。大概只有翻了船，他才肯跳，但那可不是为你，人家是要自己逃命的。到那个时候，能靠得住的一定还得是自己的糟糠之夫，只有他，会在明知救生艇不够，就此生离死别的情况下，把你和孩子送上船，微笑着对孩子说：宝贝别怕，爸爸会坐上下一条船离开。

毕竟你们在一起了这么多年，没爱情还有亲情，没亲情还有交情。很多时候，爱情真的没有岁月靠得住。

哀莫大于心不死

　　她以前是个混迹酒吧的小太妹，整天跟一帮黄毛小子厮混，有点像出道前的张柏芝。后来偶然遇到他，初次相见，他对她说，你得干点正事，这么下去人生就毁了。然后推荐她去朋友公司做文员。

　　她平生第一次知道什么是好人，也无可救药地爱上了那个人。

　　他在广州有家室，但还是收留了她。两人在这个北方城市弄了个小家，自得其乐。他用了很长时间，耐心地教她怎么做个好女孩。她一边蜕变，一边深陷，对他的爱渐渐深入骨髓。

　　后来他的公司转到乌鲁木齐，他不能带她走，说分手吧。她当然不肯。分隔两地，他开始了风生水起的新生活，她却陷入暗无天日的想念。她穷，又不肯花他的钱，买了火车站票，站二十几个小时去看他，看到的却是他和另一个当地女孩在一起。这对他来说很正常，对她却是沉重的打击。回去以后，她辞了工作，拖着大行李不由分说奔赴乌鲁木齐，在他公司附近住下，重新打入他的生活。

后来他去青海、陕西、四川，她就像个甩不掉的小尾巴，一路追随。就这么，过了八年。

他对她，不能说不爱，否则也不会容忍她一直在他身边。只是，她对于他，只是个聊解寂寞的伴，他不想，也不能给她未来。不像他在她心里，是生命的全部寄托。

他不是坏人，也不忍耽误她太久，很多次对她说，你回去，好好找个人嫁了吧，趁着还不老。可是他一说，她便哭得泪水横流。有时候吵架，他想趁机把她轰走，凶神恶煞地吼她，让她滚，有两次甚至把她和她的行李一起扔出门。

她是真想滚了，却实在受不了分离的痛，没几天，就又灰溜溜地回去，赖在他门口不肯走，像条忠诚的狗。

爱得深了，死心好难。

有一次回老家，她碰到了当年一起在酒吧混的姐妹，那个曾经和她并称三朵金花的姑娘，已经是三岁孩子的妈，在菜市场卖菜，有自己的小房子。她忽然想，如果当年没有遇到他，她现在大概也是这般模样，过着稳定平凡的小日子，有单纯琐碎的小幸福。哪怕是洗碗卖菜，也好过有今天没明天的颠沛流离。可是，也只是这么想想，她能原地转身吗？不能。她离不开那个男人。

直到后来，他的老婆知道了她，强令他回了南方的家。她不可能再跟他去，终于停住追随他的脚步。

开始还是放不下。她偷偷跑去找他，在孤单清冷的深夜给他发短信。直到他彻底恼怒，和老婆一起指着鼻子骂她，把所有的错推到她身上，说她贱、无耻、一根筋。

她这才悲痛欲绝地死了心，断了对他的念想，回到当初的城市，重新恋爱，婚嫁，开始新的生活。真的想通了，她发现要重新爱上另一个人，并不是多么难的事。到孩子出生时，她终于知道，原来生活还可以这么踏实这么惬意。

有人说每个女人都爱过一个混蛋，其实也许爱上混蛋并不可怕，真正可怕的是爱上一个不该爱的好人。可能很多人都是这样，因为那个人太好，因为太爱，所以钻了牛角尖，就算明知道没有结果没有未来，还是不想放弃，不肯死心，挣扎在哀求、抢救的悲怆里不能自拔，没办法迎来新生。

哀莫大于心不死，心怀希望并不总是好事。很多时候，正是那些痴心妄想和错误的期待，把你引向无边的黑暗，你必须彻彻底底死了心，一切才能好起来。

这世上有天理吗

我在微信公号发过篇关于王石和田朴珺的文章,有读者在文后留言,说"对于成功之后抛妻弃子的人来讲,如果再继续生活得好,是不是太没天理了?"

其实我并不赞同这句话,甚至觉得有点荒谬,只是本着百家争鸣的想法,选了它。

结果居然有很多人赞这句话,现在它在我那篇文章下面的评论里排名第一。

原来大部分人认同这样的观点。

我着实没想到。

什么是天理?

古人的本意是"自然法则"，而现在，我们把它演化成了"老天的公正道理"，因为世间有不公，又常寻不到解决之法，所以指望老天来主持公道，给我们一个正确评判。

人们常说的"天理何在""天理难容""简直没天理"，说的应该就是此意。那么"一个人成功后抛妻弃子，却又过得滋润美满"，这是不是没天理？

当然不是。

相反，这符合自然规律。

试想：一个成功者，要雨得雨要风得风，身份地位有了，豪车豪宅有了，只是面对家中老妻，早无激情，爱情完全缺失，灵魂空出一角。而偏偏身边又美人环绕，莺歌燕舞，那么，此时若忽遇真爱，相看两不厌，情话讲不完，生命被重新激发，人生进入崭新妙境。

换你，你怎么选？

糟糠之妻不下堂，这是高尚。

愧别老妻迎新娘，也算正常。

那些指责别人抛妻弃子狼心狗肺的人，到自己成功之日，未必能做到如自己预想般高尚。

而那些成功后没有"抛妻弃子"的人，恐怕也多是家中红旗不倒，外面彩旗飘飘，真正理性克制守身如玉的想来也不会太多。

自然界有两个基本规则：能者多劳和多劳多得。推理一下，就是能者多得。

所谓成功人士，应该算是"能者"，按照自然法则，他们理应比别人得到更多，包括财富，包括地位，包括尊严，也包括爱情。

而爱情这一项最为特殊，因为我们的道德设置，不允许人在感情上太随意。你可以同时有十辆豪车，但不能同时有两个女人。你可以平房换别墅，但不该老妻换新欢。于是冲突就发生了：一方面是他非常想要，又有能力得到，另一方面是道德的大棒悬在头顶，若逾矩，便受罚。

这种社会规则和自然法则的博弈，谁输谁赢，因人而异，跟人品有关，但更大的决定因素，在于现实衡量。我们可以给成功后依然心无旁骛从一而终的人鼓掌点赞。但我们更该知道，并非所有人都能做到这点，毕竟，这不符合人性。如果我们把违背人性的规则，当作天理，默认人人都会乖乖遵从，想必是要失望的。

我知道，对于负心的男人，人们骂，是因为心里怕。

有太多女人，一朝结婚，就把男人当成依靠，把婚姻作为护甲，后半生幸福与否，很大程度要取决于这个男人。一旦他背信弃义，天就塌了。

所以她们必须警惕。不但警惕自家男人，还推而广之，警惕着所有可能变成坏榜样的男人。

一旦发现苗头不好，她们会立刻挥舞道德大棒，冲上去予以猛击——你喜新厌旧，你不知羞耻，你抛弃糟糠之妻，你没良心没道德，你必遭天谴。

然后，如果那个抛妻弃子的"坏男人"依然过得很好，就成了"没天理"。

天理当然有。但是亲爱的，它可能跟你想的不一样。

老天是只尊重自然规律，不负责人间公道的。如果一个男人，不坑不骗，不触犯法律，做了自己想做的事，而他又有能力控制好自己的人生局面，那么，就算违背了社会道德，老天也不会管的。

所以，你若不想人老珠黄被人弃，只能靠自己争气，而不是指望老天帮忙。你要让自己配得上他——不只结婚时配得上，婚后也要跟他保持基本同步，不能他一路成长提升，你始终原地踏步，甚至不断倒退。你要成为他的感情寄托和生存伙伴，与他的生命水乳相融，难割难舍。

如果他很难找到比你更好的，或者离开你他损失巨大，难以承受，那他自然不会轻易离开。

人的选择，无非利弊衡量。你留住一个人，最可靠的理由应该是：你是他的最优选择，他跟你在一起，利大于弊。而不能是因为他跟你在一起才最道德。

设想一下，如果一个女人，身材臃肿思想浅薄，要颜没颜，要钱没钱，要情趣没情趣，要见识没见识，却要求男人对她痴心绝对至死不渝，纵有万千美色在旁也绝无二心，这符合天理吗？

在人性面前，道德是虚弱的。

你若成了糟糠之妻，就算手握道德利器，恐怕也是不堪一击。

你可以说"我为你、为这个家付出那么多，现在你却嫌弃我？"他也可以答"我很感谢，但你现在这个样子我真的不爱，没有爱情只有恩情的婚姻，我不想要"。

你说"你不是说过要不离不弃生死相依吗？"他会说"实在对不起，我那时年轻，真没想到今天会变成这样"。

你说"别忘了我们也曾经相爱，一起经历过那么多美好"，他会说"我也很怀念，一辈子不能忘，但我们现在已经不美好了，以后也看不到美好的希望，而离开你，我的人生还有更多美好的可能，我不想错过"。

你说"你说走就走，有没有想过我的感受？我下半辈子怎么过？"他会说"我想了，我也很纠结，我愿意给你最大的补偿，但是我不想为了你的幸福，牺牲我的幸福"。

你说"你太自私太无情太没良心"，他会说"我承认，都是我不好都是我的错，可是我决心要离开你了"。

你还能说什么？

如果你自己配不上他，或者没有充足的现实理由留住他，只把希望都寄托在他的道德上，后果很可能就是这样。

人性中本来就有自私、贪婪、趋利避害的一面，我们必须承认并面对这些，然后再想办法抵抗。而不能一厢情愿地要求他必须高尚必须忠诚必须节操满满。

所以，如果实在不想离开一个男人，你的王牌应该是"我能让你的幸福最大化"，而不是"为了我的幸福最大化，你必须牺牲你的幸福"。

说到底，还得自己争气。

你争气，老天才帮你。

男人也要很多很多安全感

小时候看金庸,总不明白程灵素那么聪明绝世怎么就搞不定笨胡斐,爱那么深,命都给他了,结果才死了没几天,胡斐就去找袁紫衣求婚。当时只感叹男人的动物性,女人再怎么聪明善良贤惠纯情,都抵消不了一个丑字。何况人家灵姑娘还不算太丑,顶多是不美。

后来再读,发现玄机,原来她就是败在这个冰雪聪明上。胡斐模样俊朗武艺高强智商正常,按说自我感觉本该十分良好,可惜一到灵姑娘跟前,就成了痴傻呆笨的货。他一点小心思,她都洞之若烛,三言两语揭穿,屡次让他窘迫意外,于是金老爷就赋予胡斐这样的内心独白:"灵姑娘聪明才智,胜我十倍,武功也自不弱,但整日和毒物为伍,总是……他自己也不知总是什么,只是心底隐隐觉得不妥。"

"整日和毒物为伍",自然不是拒绝一个好姑娘的充分必要理由。但让胡斐"隐隐觉得不妥"的真正原因是什么呢?金老爷偷懒用了省略号,让女人们各自琢磨,选择填空。此空也许一千个女人会有一千种答案,我选择填:总是,让人没有安全感。

我们得承认,其实男人在女人身上,也想获得很多很多爱和很多很多安全感。爱一般来自女人的美好(约等于美貌加体贴),安全感,则来自他对这美好的掌控。

而要掌控,最基本一条就是心智上的绝对优势,否则他被你洞悉于股掌之上,纵有十八般武艺,也是气短——路遇美女他往人家胸前一瞟,你就知道他生了邪念,晚归回家他稍一结巴,你便明白他干了坏事,遇到挑战他刚要退缩,你已看出他懦弱胆怯。这就要了亲命了。如果男女关系最终要定位于孙大圣和如来佛的话,哪个男人愿意做一只上蹿下跳的猴子?太没安全感了。

所以不太美又太聪明的程灵素,既不能给男人很多爱,又不能给人家很多安全感,触犯两条重大戒律,失意也在情理之中。

好在大部分女人没那么聪明,不至于眼光一瞥就把男人扫透。但坏在女人都有一颗刨根问底的心,公园里看见陌生老头老太牵手遛弯都好奇人家是不是结发夫妻,何况面对自家男人,那自然要能挖出多少隐私挖多少,自己先满足再说,管他爽不爽。于是男人不得不派重兵把守心房,免得那点肮脏龌龊自私怯懦全被你知道。你说总还能挖出点优点吧？放心，好事他自会主动告诉你，不用你那么卖力挖。

蔡少芬说，她当年跟吴奇隆分手主要原因是她喜欢倾诉，有事就要说出来，而吴奇隆则什么事都埋心里，扛着不讲，所以他们性格不合。刘嘉玲也说过，有一次梁朝伟拍电影，有一句对白，王家卫让他演了二十七遍，梁影帝直接崩溃，回家哭了好几天，也不告诉刘嘉玲原因，直到她跟王家卫提到"梁朝伟在家总哭，一边打扫一边哭"，对方才告诉她原委。这事刘嘉玲肯定觉得，不就是一句台词说了二十七遍吗，你告诉我又有什么大不了？但梁朝伟却不肯。因为女人是甘于示弱的，而男人骨子里则渴望战无不胜，起码要奋力展示一个战无不胜的假象，让他告诉女人自己能力差玩不转？首先说不出口，其次担心说了会损害高大全的形象，失去女人的仰慕，从而丧失掌控女人的力度，继而失去安全感。

男人在"不想说"的背后，潜台词通常是"说了伤自尊"，而女人偏偏总是理解为"说了你生气"。其实他也不会天天在外面花天酒地伤天害理，人家只不过想掩饰下自己的虚弱。在心爱的女人面前，男人怕的往往不是自己不够强大，而是hold不住强大的假象。这一点，不管吴奇隆梁朝伟还是你老公，都不会有太大差别。

所以女人若真聪明，就聪明得彻底点，帮他维持他的强大，别管虚实真假。知道他是影帝就好了，不必知道他一句台词说二十七遍才过关，这样他才会觉得安全。反正你永远也不可能像了解香奈儿那样了解一个男人，不如索性就收敛点好奇心，多给他留几分私属地，让他踏踏实实把那点小自卑小阴暗藏严实。如非万不得已，别逼他缴械投降坦白从宽。男人的心事女人你别猜，你猜来猜去他就会跑开。

婆媳到底是什么关系

闺蜜小腿上有条挺长的疤。

是她两年前有次在厨房做饭，不小心把菜刀碰掉了，下意识用腿去挡，结果就被结结实实砍了一刀。她说现在疤已经不疼了，但每次看到，心里都隐隐觉得不舒服。因为受伤时，婆婆就在她旁边，大概因为对她有点小意见，刀哐啷啷落下来她接着一声惨叫之后，婆婆居然没有任何反应。闺蜜龇牙咧嘴地一只脚跳着到客厅处理伤口，婆婆像什么都没发生一样，继续做饭。

闺蜜说，她一直对婆婆的无动于衷耿耿于怀。试想，要是她亲妈在场看到，得多心疼。或者，如果是大姑子被砍这么一刀，婆婆可能眼泪都下来了。而她也是喊婆婆一声"妈"的，婆婆也口口声声说拿她当亲女儿待，而遇到情况，婆婆就是这么待她的。

闺蜜较真儿，坚持认为在这种紧急突发状况下，才能看出别人对自己的真实心态，所以，从那以后尽管表面上还跟婆婆维持着基本的和气，但心里与她已经很疏远了。

奇怪的是，虽然疏远了，但她们的关系却和谐了许多。

闺蜜和婆婆都话多，以前没事老一起叨叨。言多必失，说得多了，不是她惹了婆婆就是婆婆惹到她，谈话常以不快收场。受伤事件后，她失去了跟婆婆说话的兴趣，不聊了，也就太平了。另外，以前婆婆每每偏心儿子，她都要不甘心地争一争。现在总算认清，婆婆再怎么表面上一碗水端平，心里当然是向着儿子的，争什么争，自讨苦吃。慢慢地，她和婆婆的关系就基本找到了平衡，和平共处，敬而远之。

这事儿挺有启示作用的。

婆媳关系存在很多天然矛盾，而激化这些矛盾的一个重要原因，就是中国传统文化里"婆媳如母女"的错误定位。很多单纯的媳妇，进了老公家门，喊婆婆一声妈，就真的以为彼此都要像亲母女一样相待，自己勉为其难地做，更要求别人一样做到——你怎么对你闺女，就该怎么对我；我妈怎么对我，你就该怎么对我。而婆婆的心里，也会暗暗期待儿媳像女儿一样体贴、孝顺、实打实地爱她这个妈。

但是这不科学啊。本质上，婆婆和儿媳之间其实是"亲人的配偶"或"配偶的亲人"这种关系，类似舅妈姨夫、婶子大娘，跟"母女"差着好几层呢。非至亲却非要假装至亲，怎么可能顺畅？

想想，如果闺蜜受伤时，旁边的无动于衷者是舅妈，她可能也会不高兴，但绝不会记恨这么久。

很多婆媳关系的问题，就是出在关系的既定模式上。

大概是因为这个社会太需要家庭稳定，而婆媳关系又常常是家庭不稳定的主要因素，所以五千年下来，我们就形成了婆媳如母女的假想定位，硬生生把两个没有血缘关系，没有男女之情，存在天然利益冲突，甚至有些敌意的女人，定位在最亲密的关系上。这种自欺欺人的"母女"假象，会迷惑人的思想，使婆媳双方都在心里给对方设定了一个极高的标准，形成不合理的期待，继而带来不恰当的行为。儿媳会觉得，你是我妈啊，你得疼我爱我纵容我才是，怎么能我晚点起床就摆臭脸，还在外面说三道四毁我形象，太过分了。婆婆会认为，你自私自我、不体贴不懂事，家务活都甩给我，还花钱如水，作为你妈我就有资格有义务教育你，作为女儿你也必须顺从接受。

在这种心态下朝夕相处，不出事儿才怪。

我还看过一条婆媳相处的"秘籍"，说"要拿对方当亲妈（亲女儿），有什么说什么，话别搁心里"。这不是开玩笑吗。真这么干的婆媳，关系想必都和谐不了。在感情上把对方当至亲待是没问题，但在行事上，绝不能那么随意任性。你抱怨亲妈一句"你做这饭真难吃""别烦了，你唠叨死了"，亲妈可能不当回事儿，但是你这么说婆婆一句试试？或者，你跟亲闺女说"你怎么那么邋遢啊,房间都成猪窝了""啥当你都上,没长脑子啊",闺女可能跟没听见一样,但是你跟儿媳妇讲一句试试?

"让婆媳像母女一样相亲相爱",这愿望是美好的,但人还得实事求是,不是妈就不是妈,不是女儿就不是女儿,不是母女千万别硬充母女。如果社会能对婆媳关系宽容一点,别一上来就把两人紧紧捆在一起,让双方都从一个低起点开始,摆好位置,把握好分寸,媳妇就拿婆婆当个婶子大娘,该尊敬要尊敬,该孝顺要孝顺,但别有太高期待。而婆婆就当儿媳是个外甥闺女,或者儿子的好伙伴,喜欢就多聊聊,不喜欢就离远点。彼此都把对方看淡点,保持点距离,肯定会舒服很多。时间长了,没准还真就能处得跟亲母女一样了。但这事儿不能急于求成,一急就坏了。

打个比方,为什么相亲的成功率低呢,就是因为两个人在还没有感情之前,就被定位在男女朋友关系的模式上,既别扭又尴尬,除非双方特别对眼,否则很难成功。很可能两个在生活中长久相处下来,会产生深厚感情的人,因为过早地把关系定位,而别别扭扭地放弃了在一起的可能。

记得冯小刚说过,有很多人在很多媒体上谈论他,他都没什么感觉,但有一次宁财神说了一句,他觉得说到根儿上去了,宁财神说,冯小刚的电影为什么可乐呢,因为他没奔着喜剧去。

很多东西是要顺其自然的,你一旦太刻意地去追求,反而就得不到了。

婆媳关系应该也是这么个道理,千万别强求,欲速则不达。

赌气是感情里最低级的招法

　　他吸烟。她看到了,凶巴巴地吼:又吸!小心肺烂掉!他斜她一眼,继续吸。她冲过去夺过他叼在唇间的烟,顺着窗户扔出去,转身就走。他忽然怒了。你管够了没有!烦透你了!

　　他之前从没反抗过,这一声吼,把她吼懵了。缓过神来,免不了一阵暴吵。她说我为你好,你个不知死活的东西。他说,我不需要,我受够了。她说受够了好,你就滚出去吧。他二话不说穿上衣服滚了。

　　不但滚了,而且五日未回。

　　她又气又慌,找他。问到他的一个朋友那里,朋友想想说,别找了,他可能不会回来了,他在小姬那里,他早跟小姬好上了。

　　她顿时炸了。冲出去找他算账,结果从楼梯上栽了下来,摔得一条腿骨裂。

朋友送她去医院，并辗转通知了他。他来了，不冷不热，有诀别的意思。朋友偷偷对她说，你说一点好话，先留住他再说嘛。她坚决拒绝，冷冷地说，找你的小姬去吧，将来可别后悔。

就这样结束了六年的感情。

她在伤心欲绝、怒火中烧之下，还隐隐地有种幸灾乐祸和信心十足。她知道他一定会后悔。

因为那个小姬她认识，是个虚荣娇气幼稚的女人，虽然比她年轻貌美，但过日子绝不是她的对手。她一日三餐煎炒烹炸一周都不重样，小姬削个土豆都要半小时；她没有一天不给他洗衬衫内裤袜子，小姬能吗，她自己的脏衣服放臭了都不洗；她化妆品超过二十块钱就舍不得买，小姬二百块以下看都不看，他有几个钱给她奢侈？

很对。他确实很快就后悔了。小姬的不懂生活给他带来了数不清的困扰，他们一次又一次剧烈地争吵，每次争吵过后，他都想起从前那个她的好，都会后悔当时离开了她。

确实后悔了，可是又怎么样？重回她身边吗？不会。

小姬不懂生活，却懂感情。争吵过后，她会撒着娇说，别生气了嘛，我跳脱衣舞给你看。他晚上应酬，小姬花枝招展地跟他一起去，而不是像她那样留在家里一个又一个电话地催他。他吸烟，小姬从不干涉，她跟他一起吸。

他曾经在心里，很认真地想，如果重新来过，她和小姬他会选择哪一个。答案可能是她。但也仅限于可能。因为有了当年的背叛，他实在没有重回她身边的勇气。

而且，他和小姬，也不算不好。

可是她的日子却很是凄凉。她在很长一段时间里无法解脱，抑郁成疾，不肯与人交往。后来勉强找个人恋爱，也始终是各种不称心。她其实是在等他回心转意，她还是爱他。可是她听说，他和小姬的孩子都快要出生了。

朋友说，当年你该留住他。她说，我就是要让他后悔，让他知道我的好。朋友摇头，他知道了，又怎么样？你们再也回不到以前了。这辈子他是他，你是你，而且，他比你过得好。

她到了这一刻，才感到彻骨的心酸。是啊，他后悔了，她得到了什么？赌这一口气，为了什么呢？那段辛苦经营的感情，被她轻易交换出去，换来一个轻薄的证明，证明她的好。可是，证明了又怎样？他心里留下了微微的遗憾，她的世界却充斥着悲情。

更后悔的，其实是她。

赌气，是女人在感情里最惯用的手段，也是女人最低级的本能，无数的悲剧，都从赌那一口气开始。虽然很多时候，赌气是必须的，面对男人的冷漠、欺骗、背叛，这口气可以赌，但是，跟赌博一样，小赌怡情，大赌伤身。小事情，赌个小气让对方认识到了，低个头道个歉就过去了，大事则不成，千万别指望用赌气来解决大问题，因为这个简单粗暴的伎俩，起到的正面作用非常有限。所以，聪明的女人会知道把握分寸，赌气到一定程度，就要放气，然后动用其他手段解决问题，绝不能硬生生地憋着，把感情赌爆了，那个灰飞烟灭、两败俱伤的结果，一定不是你想要的。

人活一口气，这个没错，但是更多时候，女人需要争这口气，而不是赌。

赌气，是女人在感情里最惯用的手段，也是女人最低级的本能，无数的悲剧，都是从赌那一口气开始的。

嫁给这种人，想想就痛快

老妈住院，我陪床。同屋还有两个三十多岁的女病友，都是老公陪床。

这两个老公，很有意思。

入院第一天，护士让病人吸药，需要侧身倚在床头。二床的老公三两下卷好被子给她垫上，又三两下插好仪器让她吸上，安顿停当就去买饭了。

而三床老公嘞，光卷被子就卷了七八遍，最后也没弄利索，胡乱堆成一团让老婆靠着，然后又研究仪器，这么摆那么摆，这么插那么插，总不成，后来还是找来护士帮忙，才吸上。

等三床弄好，二床的老公都买饭回来了。有荤有素，有汤有面，怕老婆不爱吃，还多买了两种主食。二床吸完药，正好吃饭，吃完稍微活动一下，就午睡了。

二床都睡着了，三床的老公才回来，买了几份菜，全是肉，三床边吃边抱怨太油腻。两人吃完饭，已经快到两点，三床觉也没睡成，就跟着护士去做检查了。

转天，三床老公一来就抱怨停车难，说在医院转了半小时也没找到车位，只好违规把车停路边了，结果没十分钟就被贴了罚单。二床老公说，行政楼旁边有个过道，不碍事，我就停那儿了，你下次也去那边吧。

三床老公说，你挺熟啊，是不是常来这医院？

二床老公说没有，我也是昨天路过时看到的。

聊了一会儿，二床老公忽然问：这屋晚上有蚊子吧？二床说是啊，昨晚咬得我都没睡好。二床老公说纱窗留那么大的缝，肯定进蚊子。然后就去弄纱窗。二床说，那纱窗坏了，推不上。她老公试试，果然不行，想了两秒钟，转头去护士站要了一团医用胶布来，踩着椅子把缝子贴上了。

我妈在旁边看着，就感慨：跟聪明人过日子，得省多少心啊。

二床说，阿姨你说得真对，跟他过日子，我啥事都不愁，大事小事，他总有办法。

跟一个"大事小事总有办法"的人过日子，想想就觉得舒爽。

生活里这么多麻烦和难题，如果你的伴侣是个聪明人，事先能预见，事中能解决，事后会弥补，这日子定会快乐从容很多。

我有个姑夫，也是这样的人。

他们家电器坏了马桶堵了狗生病了饭做糊了，姑夫都能解决。姑姑衣服破个洞，姑夫也能找出个刚刚好的扣子来让她缝上。姑姑下班不高兴，他立马能猜到原因，姑姑还没开口，他就已经告诉她该怎么处理了。

我最佩服姑夫的是，当年房价还没涨起来时，姑夫就预感形式不对，张罗着买商品房。当时家里人都坚决反对，姑夫硬是自己选好地段定下房子，借钱买了下来。那房子，现在至少翻了十几倍吧。而且姑夫选的房子也特别好，通透、采光好、安静、生活交通都方便，姑姑说住进去以后就再也没想过要换房。

有次我们一起开车出去，我和我哥的车在前面，姑夫一家在后面，走到半路就堵住了，我们正进退不得着急时，姑夫打电话说他们已经到了。我很奇怪，说你们不是在后面吗？姑夫说，远远看见那边好像修路，就绕了一下。

我当时就想，生活里处处都是这种小事，姑夫这智商肯定会给一家人减少很多麻烦吧。

姑姑说起家里的事，口头禅就是"都挺顺的"。这个顺，我觉得肯定不是靠运气，而是仰赖姑夫预见和处理事情的智慧。

反过来看，那些总是点儿背的人，应该也不全因为运气差，很多时候，是由于不够聪明，不能提前预见事情，才不知不觉掉进了坑里。其实很多麻烦，若能提前想到，可能轻而易举就能绕过去。而一旦发生，就得花费很多心力去解决。毕竟预防火灾隐患，要比灭火轻松得多。

奇怪的是，智商这么重要的特质，我们在择偶时却往往不怎么考虑。

比如有人给你介绍男朋友，你最想知道的可能是：他是干什么的、长得怎么样、收入怎么样、人品怎么样、家境怎么样……

很少有人会问，他智商怎么样？

好像过日子跟智商没关系似的。

其实生活本来就是一项智力活动，跟一个聪明人结伴，体验肯定和笨人完全不同。

聪明人会用巧劲儿，不必像别人那样吭哧吭哧干活，紧紧巴巴攒钱，焦头烂额灭火，就能轻轻松松过得比别人舒服。

别人火急火燎堵在路上时，人家已经绕一下到达目的地了。

别人咬牙切齿攒钱买房子时，人家已经提前低价买好开开心心等升值了。

别人转半小时找不到车位，不得已把停路边却被贴了罚单，人家已经提前看好地方，轻松停好去陪老婆了。

同样是没用过的仪器，别人可能折腾半天也弄不明白，人家看两眼就搞定了。

同样是出门办事，别人可能一天办一件，人家一上午就能办三件。

同样是出差给老婆买礼物，别人买的可能不是物不美就是价不廉，人家就总能选得刚刚好。

这两种人，你希望跟哪种过一辈子？

反正我是觉得，智商比颜值更重要。颜值看久了会审美疲劳，而智商一辈子都能让你受益无穷。

你若是聪明，真该尽量找个聪明人结婚。

人活着,
最不能错的是初心

Chapter 3

人都不完美,生活也不完美,婚姻更不完美,必须接纳这些不完美,才能平静顺利地把日子过下去。

那么爱说假话,你自己也拧巴吧

办公室新来了个小姑娘,试用。中午吃饭,我看她一个人孤零零的没个伴,就请她一块吃。

饭间闲聊,我说你以前在哪儿工作来着?她说XX公司(一家大公司)。我说那不错啊。她一本正经地说,是呀,但是我觉得刚开始工作,起点太高了也不好,所以想从低起点做起,这样还有上升空间。

我看着她,头有点晕,遂转移话题,问她有没有男朋友。

没有,她说,还没考虑这个问题。

我默默点头,觉得没法愉快地聊下去了。

后来我就琢磨,这姑娘看着机灵懂事的,可怎么就那么不实在呢。

一个二十好几的姑娘，说没考虑过感情问题，我纵是智商再感人也没法相信啊。你说至今没碰到合适的，或者一大堆人追你你都看不上，我都信，但要说你还没考虑过这事，也太那个了，现在小学生都知道谈恋爱了，咱不至于发育那么晚吧？你跟我装纯情，有啥意义，我又不是组织派来考察你生活作风的。

还有工作问题，咱都不是富二代，哪个不想有个好起点，然后越来越好？我也不算孤陋寡闻，但还真没见过放着好单位不去，非要换个一般的，以体验步步上升的快感的。这是生活，不是网游，你走错了道可不是点一次again就能重新开始的。后来事实证明，这姑娘就是在那家大公司没过试用期，不得已离开的。其实你实话实说，我绝对不笑话你，因为咱都知道留在那里的难度。反而事情被你一虚构，倒显得可笑了。

其实跟这姑娘犯一个病的人为数不少。很多事情，明明说实话就挺好，但有些伙计非得东扯葫芦西扯瓢，一本正经地逗你玩儿，搞得你心烦意乱。

这毛病的根源，我想一方面是人有自我伪装的天性，另一方面，也跟原生家庭的教育密切相关。

我们虽然口口声声地说着"诚实是美德"，但很多中国家庭，其实并不鼓励孩子说真话。为了让孩子显得懂道理、守规矩、有教养，很多家长早早地就教会了孩子虚伪。那些懂得向不喜欢的人示好、违心地拒绝自己想要的糖果、明明讨厌幼儿园却一口咬定自己喜欢去的孩子，往往会得到表扬和鼓励。

我见过一个老太太，为了让小孙子不乱买玩具，跟他定了这样的规矩：你越说想要的，我越不给你买，你说不要了，我才买。这招效果很好，孩子去了商店基本都不会哭着闹着要，只会拿着喜欢的看，奶奶问他要不要，他会说"不要"，然后奶奶就满意地买给他。

可以想见，在这种教育方式下成长起来的孩子，会多么习惯性地伪装自己，多么怯于表达真实的自我。当"说假话对自己更有利"的认识在一个人心里根深蒂固，他就会在明明可以说真话的时候，不自觉地选择说谎。这很容易让他给别人留下不实在、不坦诚的印象。而且，一个对别人特别不诚实的人，往往对自己也会如此，他会下意识地压抑本我，不允许真实的自己冒出头来，而被压抑在潜意识里的自我，会不停地提醒他干扰他，破坏他辛苦维持的美好假象，于是各种累，各种拧巴，各种不知所措便应运而生。

人有许多积极心理品质，真诚是极其重要的一个，它对一个人内在心理状态的和谐，以及外在人际关系的繁荣都有重大意义。

前段时间我看一本家教书，讲到"对孩子来说，实事求是，是比黄金还珍贵的四个字"，说得太对了，一个不懂得实事求是的人，你能指望他的人格健康、完善、美好吗？你能相信他可以在社会上得到众人的支持和拥戴吗？你觉得他会快乐吗？

还记得当年那个因ATM机出现漏洞而多次恶意取钱被判无期

的许霆吧，最初他靠着网友们的强力支持，得以平反，但在重审的法庭上，这厮居然声称自己多次从出错的ATM机里取钱，是本着"替银行保管钱"的目的。这显然是在侮辱全社会的智商，直接导致网友全体倒戈，称其无耻，连公诉人都认为他没有彻底悔罪的表现。

其实如果他能老老实实承认自己是一时起了贪念，做了错事，以后不会再犯，问题也不会太大，但他非要说那么个蹩脚的谎，将自己置于不利的境地，真是太不明智。

可能许霆以及很多跟他类似的人之所以敢睁眼说瞎话，一是习惯了说谎，二来，是觉得自己比别人高明，以为自己稍微动动小脑瓜就能把别人玩弄于股掌之间，以为那点瞎话不但能瞒天过海，还能显示自己博大的智慧。

可是其实呢？其实你玩儿的是你自己啊。

聪明人最聪明的地方，就是认为别人都和自己一样聪明。而傻瓜最傻的表现，就是觉得别人都比自己傻。

大多数时候，我们不能准确判断别人是比自己更聪明还是更傻，也便不能预测自己的假话会不会被对方察觉。那么，除非万不得已，不如实实在在地说句真话。因为一旦假话被看穿，后果往往比那句不太好听的真话糟糕得多。一句假话给你减的分，可能一百句真话都补不回来。当然，善意的谎言除外。

人说假话有很多种原因：为了逃避惩罚、为了获得利益、为了赢得好感……必须得承认，有些假话是有必要的，比如称赞女同事新做的怪异发型，或者借口生病推掉不想参加的聚会，此类假话无伤大雅，可以理解和接受。但更多时候，我们其实是说了一些完全没必要的谎，类似开头所讲的小姑娘，其实就是一种过度的自我防御——明明很安全，却非要用虚假的伪装把自己保护起来，而且伪装得过了头，自己累，别人也不舒服。

虽然人都有自我保护的本能，但过度防御其实是有害的。好比一条变色龙，它根据背景变换肤色以保护自己，这很好，但如果在安全的环境里也不停地变来变去，或者因为用力过猛，反而把肤色变得异于环境，这显然就有问题了。

假话作为我们的伪装色，其副作用就是太容易弄巧成拙。所以，我们有必要改变"说假话更有利"的固有认识，尽量卸掉多余的伪装，适当地允许自己以真面示人。该说真话时要说真话，可真可假时也说真话，实在不能说真话最好保持沉默，连沉默也不行的话，就把假话控制在最小范围内。

马克·吐温说，人不可能一生一世不说谎，但是聪明人能勤快地训练自己体贴地说谎。

你学会体贴地说谎了吗？如果还没有，那就真诚点吧，这不但是对别人的尊重，也是对自己的解放，长远来看，实事求是一定比瞎话连篇更能为你营造良好的生存环境。

想到就心酸

前段时间,网上很流行一句话:想到就心酸。典型例句是"你曾爱过我,想到就心酸""我曾拥有你,想到就心酸"。

活这么大年纪,大概每个人都多少有点心酸事,比如爱了很久的人最终却没得到,比如好不容易得到最后却莫名离散,比如分开以后发现再没有谁比那个人更好。总之在感情里面,最让人心酸的,就是和一个很好很好的人,有过一段很好很好的感情,稀里糊涂结束之后,既忘不了,又回不去。就像至尊宝拔出了紫霞仙子的紫青宝剑,又对她说过史上最动人的情话,甚至还在梦里念她的名字七百八十四次,可是再相见时,他却只是嬉笑着说,少说废话了,我不是什么至尊宝,请叫我齐天大圣。

那些猜得中开头猜不中结局的故事,结局多半是这样令人心酸的。

心酸可不是什么好事，和痛苦不一样，痛苦是一段美好关系断裂之后，伤口短暂的生理性疼痛，而心酸是却伤口愈合后留下的疤，长久留存，不时作痛。用刘若英的话说，那个影子总活在你心里，他的一举一动、后来跟谁在一起，总会不时地传回自己的耳朵。

传回耳朵，就会碰到心里隐隐作痛的疤，就会不禁生出些酸楚。当然，不只是有关他的消息，所有有关他的过往美好的细节——雪夜欢笑，彻夜长谈，独家昵称，神秘礼物……都是你心里的酸味发生器，都可能让你瞬时心酸起来。所以，那些所谓"至少拥有过""爱过就足够"都是骗人的，得到又失去，远比从未得到过更糟糕。因为当从前的辛甜都变成后来的心酸，你需要用更多的甜来中和那些酸，除非你找到了更好的人，拥有一段更好的感情，否则那些酸会长久地弥漫在你心里，绵延不绝，挥之不去。

据说，过去的痛苦会给现在的幸福做加法，而过去的幸福会给现在的痛苦做乘法。意思是，如果你后来有了更好的感情，那么从前的伤痛会增加你现在的幸福感。但假如你不幸遇到更差的人，那么过去的幸福会几倍地加深你现在的痛苦。

这话我想是对的。因为如果没有过往的美好，你起码不会在路过某地时暗自神伤，不会在下雨天忽然想起某人的伞，不会在各种纪念日到来时莫名烦乱，即便你现在什么都没有，但起码你是平静的，你的心里不酸，不乱。

所以，若有可能，一定抓牢手上的幸福，若没把握，就别碰触太昂贵的感情，因为今天透支的甜蜜，也许需要一生的心酸来偿还。报载，大S和汪小菲订婚后，张雨绮曾独自在火锅店里手握二锅头借酒浇愁，而黎明和乐基儿传出婚讯后，舒淇也曾以酒疗伤大醉不归。其实酒真的不能解决问题，张爱玲早说过，酒在肚子里，事在心里，中间总是隔着一层，无论喝多少酒，都淹不到心里去。

其实就算淹到心里去，也淹不了太久，酒醒天亮，那酸酸的滋味仍是沉淀在心里的。

也许，我们都是在或浓或淡的心酸里，学会爱和珍惜的，正因为曾经幼稚过挥霍过任性过，也遗憾过后悔过心酸过，所以才知道要小心地经营下一份好不容易到来的感情。

有谁会愿意，让心里多一个想到就心酸的人呢。

孩子都是奢侈品

有个朋友,她父母是表兄妹,算近亲结婚。当年生她时,一家人都揪着心,生怕是个怪胎,好在她欢蹦乱跳一切正常,算是带领全家人闯过了一大关。

没想到她自己想生孩子时,麻烦却来了。先是接二连三流产,每次怀孕都撑不到两个月,她之前没想太多,总以为是碰着累着了,到第四次怀孕,她极小心,几乎是一发现情况就停了工,专心在家养胎,好不容易保到三个多月,去做产检,却发现孩子是先天畸形,若生下来必定是严重残疾,而且很难存活。医生说,父母近亲导致她染色体严重异常,几乎没有生下健康宝宝的可能。后来她去做了人流,第一天吃药时,她大哭不止,觉得自己特别对不住孩子,更觉得未来无望。

这几年为了这事,她和老公不知道吵过多少次。前阵子她想领养个孩子,老公却不乐意,说别人的始终是别人的,含辛茹苦带大最后也不一定能守住,就这样过一天算一天吧。她这几年老得特别快,脸上总挂着一种凄苦和无望,我们在一起,从不敢提孩子的话题,一说,她眼里就含泪。

前阵子,她推荐我看一本叫《爸爸爱喜禾》的书,说那本书很触动她。我买来看了,是一个自闭症儿童喜禾的爸爸写的关于儿子的书,他是以乐观和幽默的视角写的,但总让人笑中含泪,并让人忍不住想——有那样一个孩子,是不是,还不如,没有他?后来我看过一次喜禾爸爸的专访,他说,怎么能不烦恼,举个例子,喜禾仿佛是个没感情的孩子,从来不与亲人们表示亲近,他之前天天陪着喜禾,后来出长差,很想孩子,也窃窃地希望喜禾会想他,而当他一个月后回到家,喜禾却对他视而不见,丝毫没有久别重逢的喜悦。而且喜禾是个不会拥抱的孩子,唯一一次抱他,是有一次泡温泉,他要把喜禾放进水里,喜禾很怕,紧紧抱着他不放,他说那是他第一次知道被孩子拥抱的感觉。

我还听过一个妈妈的讲述:她一岁多的儿子患了眼癌,如果手术化疗,必须要摘掉眼球和眼眶,那结果是孩子的一半脸永远是一岁的脸,另一半却正常生长,而手术成功的几率是百分之五十,就算成功,也只能活到七八岁。但如果不手术,他会双目失明,眼睛长出菜花一样的东西,头也会变形。她和爱人做出了艰难痛苦的决定：不手术。那天晚上，她一个人背着儿子在街上走，她说妈妈爱你，你知道吗？他说知道。她问他，你爱妈妈吗？他说爱。她说来世你还做我儿子好吗？他就不说话。那以后她每天早上醒来第一件事就是提心吊胆地看儿子的眼睛，眼睁睁地看着那眼睛越来越灰，越来越凸，凸到已经合不上，她看着儿子痛苦地喊着妈妈我难受，整个人几乎疯掉了。她给他买了很多玩具，淘了很多偏方，最后也做了手术，这个过程里，她崩溃过多少次，哭昏过多少次，但她可怜的孩子还是在疼痛中走了。

我们大多数人都没经历过这样的挫折，所以常理所当然地以为孩子是顺其自然水到渠成就来到我们身边了，从不把他当成奢侈品、易碎品和珍稀品。

我知道不能比的，但每次看到听到这样的故事，总忍不住想起自己的孩子。他有很多缺点：淘气，不听话，乱扔东西，撒泼耍赖无理取闹，我常为此恼火，恨铁不成钢。我身边也有很多这样的家长，总觉得自家孩子浑身毛病：不聪明不会说话，走路姿态不好，掌握新东西太慢——他越大，展现出越多的特质，不称心的地方就越多，多到让人懊恼沮丧，觉得自己好失败，辛辛苦苦养大这么个东西。

可是回想生他之初，我们唯一的目标不就是有个健康的孩子吗？他会哭会笑，能吃能拉，就足够了，现在他达标了，我们却又开始期望别的，好了还要再好，直到发现他无法满足更多，便忍不住灰心叹息。

其实跟那些没办法生的孩子、生了不健康的孩子、养了几岁又病故的孩子相比，我们的孩子生理心理都健康，他欢蹦乱跳地在你身边，会想你，会拥抱你，让你去爱，去感受，去和他一起成长，不就已是福莫大焉了吗？

每个当爹娘的都应该永远牢记并坚持自己最初对孩子的期望：健康就好。其他的，增一分最好，没有也知足，实在不该为了自己日渐贪婪的欲望，苦闷了自己，更难为了孩子。

你还是直接给我一亿好了

有个段子：假如一次性给你一亿元，还是第一次给你一元钱，之后连续三十天每天都给你前一天两倍的钱，你会选哪个？很多人肯定会选择一亿元，可后者的结果是21.47亿元。这个比喻告诉我们不要急功近利而期望一夜暴富，起点哪怕低到"一元钱"，但只要你每天努力进步一点，就能创造一个意想不到的奇迹。

神马叫忽悠？这就是。

想出这种段子的人要么是哗众取宠欺骗小盆友，要么自己就是小盆友，不知道世界上有一个叫"风险"的魔鬼。

要是真有机会做这么一道幸福到梦幻的选择题，我定会毫不犹豫地说，你给我一亿吧，立刻，马上，别劝了亲，我就是没出息，就是目光短浅小农意识，将来我看到别人收获了二十一亿肯定眼红嫉妒，但是，你还是直接给我一亿吧。

我也相信多数有理智的人都会跟我一样排队领那一亿。

二十一亿当然很诱惑，但你要承担三十次风险，这三十天里，每一天你都有可能被告知：对不起啊亲，我们现在周转不灵，欠款没能回收，收益跟预期有差距……抱歉再等几天，我们说给就一定会给，你放心。

我不放心。

你知道每天比前一天翻一倍有多难？那简直是只有理论上能成真的神话。

但是理论上，中国足球可能拿世界杯冠军，贝克汉姆可能娶你为妻，你可能当上哈佛教授，还可能活到一百三十岁——如果你相信真能拿到二十一亿，也许你就应该相信上述一切。

上点岁数的人都知道，越动人的故事，越可能纯属虚构，越诱惑的承诺，越可能无法兑现。乐观当然是好的，但谨慎乐观和盲目乐观是有本质区别的。要经过无数机缘巧合才能实现的图景，还是别抱太大希望好了。

其实这道听起来荒谬的选择题，我们也常遇到，没这么浮夸而已。比如投资，你手上攒了些银两，总要琢磨如何让它们变成更多银两，最保险的办法是存个死期吃利息，等于选A，胆子稍大点，就买个理财产品，利息稍多也带点风险，算A+，再勇敢点，投资房子黄金古董字画，风险更大收益也可能更多，算B-，更豪迈的，给看起来潜力巨大的企业做风险投资，这大概就比较接近B了，当然，正常的项目不可能给你不停翻番的承诺，能达到百分之二三十的增长就相当疯狂了。真能符合B选项，达到每天翻番标准的，也许只有军火毒品之类的买卖，这个太吓人，还是别讨论它了。

所以如果只有A、B两个选择，选A无疑。而现实里，我们更大可能是做个A+和B-之类的折中选择。稍微对自己的财产认真负责点的，选前肯定要做足功课，确定实现收益和血本无归的可能性分别有多大。我们要做的是对收益和风险的精准评估，而不是一针鸡血打下去，向着渺茫而巨大的诱惑狂奔。

大概你跟我一样，这些年听过太多类似"只要每天进步一点点，一元钱三十天变成二十一亿"的奇迹，其实这不是励志，更不是指引，很可能是赤裸裸的误导甚至欺骗。

梦想是要有的，脑子是更要有的。追求奇迹这件事，买两块钱彩票玩玩还说得过去，若要赌上身家性命去搏，还是冷静冷静再说吧。

旅行常有，
而艳遇不常有

某刊物曾有个"旅途故事"栏目，不知为何，来稿清一色都是艳遇故事。于是，接连几期，这个主旨在讲述旅途酸甜苦辣的栏目，发的全是甜蜜蜜的艳遇。有男人的，有女人的，有青年人，也有中年人，形形色色，趣味万千。据说这一度是阅读率最高的栏目，这让编辑们自我感觉非常良好。

说实话，我没有很认真地考量过那些艳遇故事的真实性——主要也是无从考证，人家说在非洲跟哪个小伙相了亲，你总不能逼问出来姓甚名谁亲自打电话去核实一下吧？而且这种故事，相信多数人也不会完全当真，半信半疑看个稀奇也就过去了。

直到某日，一位好友兼作者致电给我，义愤地说，看啊，越来越离谱了，他走错了卧铺车厢的门，里边就正好有个姑娘等他？你当是科幻小说啊，那姑娘是狐狸精变的？把艳遇想得也太容易了。我一个人旅行十几年，怎么一次艳遇也没碰到过？

我嘴上奚落他说，那是因为你面目太狰狞，把姑娘们都吓跑了。其实心里很清楚——常在路上的人应该都清楚，艳遇这件事，很像UFO，绝大多数人都只是听说过，偶尔见过假的，真的从未遇到过。不是因为你难看，不是因为你愚钝，更不是因为你运气差。

我有个很漂亮的妹妹，每年都出去旅行几次，刚开始，她每次出去，都怀着迎接艳遇的决心，对我放几句类似"姐，这次我势必带回个帅哥来"之类的狠话，但是，每次她都只背回来一大堆土特产，帅哥始终是个传说。有次她从甘肃回来，我说帅哥呢？她长叹一声说，这一路上的男人啊，全都是黑黝黝大嗓门腿上绑着塑料袋，跟艳遇挨不上啊。八成方向不对，要艳遇，不能去那些风尘仆仆、粗犷荒凉的地方，得往南方小情小调的城市走。

很久以后，在妹妹已经忘记了旅途会有艳遇这件事之后，有一次她从厦门回来，告诉我，这次她真的遇到了一个很有品的男人，在一个咖啡馆里，他主动坐在她对面，和她聊了一下午天，非常对味。只是后来男人约她一起去日月谷，她退缩了，她对他太陌生了，不敢和他向前一步。

这男人让妹妹对艳遇这件事有了顿悟，她总结说，你在外面，遇到个男人容易，遇到顺眼的就难了，遇到顺眼的人家正好看你也顺眼，那就格外困难，而双方看着都顺眼你又有勇气和他发生点什么——那简直比白天遇到鬼还难。

我安慰她说,当年陈丹青在飞机上偶遇范冰冰,也是惊艳得无以形容,范冰冰坐在他邻座,他甚至摸出圆珠笔,在颠簸的飞机上,画她的侧脸。但是他害羞得不敢跟她说话,虽然他不知道那是范冰冰。最后也是"活活看她走掉,一句话没讲"。

才子佳人的艳遇,尚且如此,我等凡人,岂不更难。

所以,虽然我们口口声声把艳遇挂嘴上,但是你最好别真的在内心里期待它的降临。因为这确实是一件对性格、情商有极高要求的事儿,也确实需要天时地利人和的全面巧遇,而且,就算一切都刚刚好,你从心理上,还真不一定能扛得住。

失去信任的婚姻有多可怕

失信之后

不久前,有一位男士找我。

他曾经婚内出轨,对方是工作中认识的一个小姑娘,他们在一起半年后,被老婆发现了。

很巧,那天他上班忘了带手机,正好老婆有急事找他的一个朋友,就从他手机上找他朋友的号码。他手机有密码,但老婆试了几次就试了出来。

然后他和那个小姑娘的微信聊天记录就曝光了。

本来老婆从来不看他手机,加上手机有密码,所以有很长时间的聊天记录他都没删。于是那天,他老婆就拿着手机,清清楚楚地看到了他和那个姑娘甜言蜜语、约会开房、情人节互送礼物，出差时聊天到深夜两三点，视频通话超过两个小时……

想象一下他老婆当时心理阴影的面积吧。

她随后闹离婚。他当然不想离，也知道自己做错了，很快跟那个姑娘了断，也向老婆道歉，承诺以后绝不再犯。

老婆其实也不想离婚，却完全没办法再相信他。他下班晚回家半小时，她就疯了一样给他打电话。他开会不接电话，她会直接冲到他单位去找。他上厕所时间长一点，她都会呼啦一下打开门，看他拿着手机在干什么。他发一下呆，老婆都会暴怒，责问他是不是在想那个女的。她随时随地会想起那件事，一想起来就没完没了地盘问他：去年拿回来那件衬衫是不是那个女人买的？三月份去上海出差是不是跟她一起去的？你们到底什么时候开始的？到底有没有再联系？之前那么亲热怎么可能说断就断？

他要时刻向老婆汇报行踪，不能加班，不能出差，要随时回答她的审问，不断地解释自己出轨时的想法，一不小心，就会引发暴吵。

事发后他们一直分房睡，但老婆时不时会在半夜跑过去推醒他，让他滚，去找那个女的。

太痛苦了。他说，我真的已经跟那个姑娘断了，也道了无数次歉，但是老婆就是不依不饶，拼命拿这件事折磨我，也折磨她自己，这样有意思吗？她既然都同意不离婚，为什么就不能让这事过去，别再提了，两人好好往下过？

她为什么要折腾？

我说她一定也想好好过日子，之所以一直拿这件事折腾，表面看是要报复、惩罚你，根本上，是因为你们之间的信任被破坏了，她没办法相信你了。

她过去一直相信你是好人，也便拿你当好人待。结果却发现你做了贼，那她自然要把你当贼来防，这是人的本能反应。

而当她认为你是贼的时候，你们的关系就不可能维持常态，也就不可能好好过日子。

这就是破坏信任的代价。

信任你的时候，你不接她电话，她会默认你在开会。不信任时，她会立刻推想你是跟另一个女人在一起。

信任时，你一晚上不回家，随便说个理由她就能接受，能睡得很踏实。不信任了，五分钟看不见你她就会涌起一百个不好的念头，就气得要发疯。

信任时，你对她开枪她也觉得是枪走火。不信任你，你摸一下口袋，她都会觉得你是要对她开枪。

从心理学的角度说，失去信任意味着确定性的消失，普通事件也会被认为危险重重，最微弱的负面信息都会被捕捉到，并直接联想到最坏的结果。

当一个人觉得自己生活在阴谋里，她就会无法自控地脑补一切最坏的情节，想象力多强大，杀伤力就有多强大。可能你换一件衬衫,她都会推想你是要去见情人,然后想象你们见面之后会怎么样。

对一个人产生影响的,往往不是事情本身,而是她对事情的判断。她觉得你去找别的女人了,便会怒火攻心。就算事实上你并没有,但她的情绪已经产生了,而负面情绪,一定会导致负面行为。

一个因出轨而失信的爱人,无疑就是给对方提供了恶意推断的充分条件。你可能会觉得委屈,不明白为什么"我已经认错,已经改过,她却还是无休止地闹,无休止地猜疑",你会觉得是她小气狭隘不理智。而事实上,她是一朝被蛇咬十年怕井绳。人为什么会害怕一根井绳?因为她受到过强烈的伤害,这伤害让她对所有蛇形的物体都失去了信任,仅仅是那种形状就能直接触发她最坏的联想。

当一个人认为自己处境危险,自然就会紧张,会情绪失控,会做看起来不可理喻的事。

这种状态下,她自己也是非常痛苦的,她会极度渴望得到一些安全的信号,以确认生活并不是那么可怕。

其实一个女人时刻盯着出过轨的老公,反复地要他道歉要他承诺,就是在试图恢复自己的安全感,修复彼此之间的信任。

谁损伤,谁修复

遗憾的是,信任这件事,损害轻而易举,重建却异常艰难。

好比一棵大树，几斧子下去就能砍倒它，而要重新栽种，却需要经年累月地浇水施肥，耐心呵护，即便这样，它能不能长成之前的样子，也实在难说。

当然，如果你们都不想关系崩盘，再难，也要努力重建。

对于丧失信任的夫妻，我觉得应该遵循"谁损伤，谁修复"的原则。谁破坏了信任，谁就有义务去修复它。

过错方首先要有诚意。出轨就是错，错了就要认。可以适度地讲明理由，但绝不能推脱责任，躲闪逃避。如果再坚持"你不关心我，我才出轨""跟你没有共同语言，我才去找别的女人"，无疑只会使关系雪上加霜。我听过最奇葩的出轨理由是"老婆不是处女，我不甘心，要报复她"。这种心态就算是真实的，也万万不能讲，否则就别想获取原谅了。

如果你还想要好好过下去，就要老老实实承认"是我的错"，并承诺以后会管好自己。

诚恳认错，诚意改正。这是修复信任，重建亲密关系的第一步。

当然，一句"我错了"是不太可能解决问题的，你要做好打持久战的准备。对方可能处处猜疑，随时爆发，情绪变化无常。你要用最大的耐心去接纳，尽最大的努力去安抚，关心她，体谅她，帮助她平复心情，调整心态。

在这种非正常状态下，可能需要你暂时降低自由和尊严的底线，服从她的"看管"，主动"交代"你的想法和行为，允许她查看你的手机，向她汇报你的行踪，甚至告诉她你的收入支出明细。让她慢慢对你放心，慢慢重新建立起信任感。这样，关系才会恢复常态，生活才会平静，"那件事"才会真正过去。

这个过程特别考验人的耐心和承受力，对方可能用各种方式去刺激你，挑战你，甚至伤害你，你一定要有足够的定力，就算觉得屈辱恼火也要尽量忍住，尽量控制局面，把关系往正向引导。因为毕竟是你先让她遭受了不公平对待，那么你也承受同样的不公，是扯平这件事的好办法。只有当她心理平衡了，她才会愿意重新去跟你建立良好的关系。

有可能的话，可以多跟她一起参加外界活动，比如旅游，看电影，约朋友吃饭。两个人都在家里时，往往是一种对立状态。而一起面对外界时，你们是一体的，比较容易强化亲密和互信。

这是伤害方要做的。而被伤害的一方，也不能沉浸在"受迫害妄想症"里，玩儿命往牛角尖里钻。要看到对方的努力和转变，比如每天开始早早回家，关心你的情绪，试图跟你沟通……你要理性地分析情况，尽量把事情往好处想，不要纵容自己陷入一种极端的情绪，更不能一味去追求报复的快感。在事情发生的初期，泄愤的想法和行为在所难免，但凡事适可而止，要清楚地知道你的目的是修复你们的感情，使生活重回正轨，而不是惩罚、羞辱、打击他。虽然错确实在他，但这个家毕竟是你们两个人的，如果你因为种种原因还想保住这个家，就要为修复关系做出努力。

如果没有你的配合，他一个人是很难完成信任重建的。当他试着重新搭建新的良好关系时，你起码不能去破坏。否则一旦他失去耐心，破罐子破摔，可能关系就真的无法挽回了。要知道人都不完美，生活也不完美，婚姻更不完美，必须接纳这些不完美，才能平静顺利地把日子过下去。

适当警觉，但不要神经过敏

人有时会走两个极端。没出事时，绝对地信任对方，意识不到风险的存在。而一旦出了事，就从此完全无法信任，不管对方怎么做，都不能挽回一丁点信任。

其实绝对的信任和绝对的不信任，都是很可怕的。

绝对的信任，会导致你丧失风险意识，放松对爱人的必要把控。人都会受环境影响，你给TA自由过了火，TA可能就会玩起火来。而由于你之前的绝对信任，TA的背叛行为会让你觉得完全出乎意料，也就完全无法承受。

所以必须知道风险的存在，要保持适当的警觉，给对方一个恰当的约束，也让自己有适当的心理准备。防患于未然，是对你们的家和你们的关系负责任的态度。

当然，正常的警觉和神经过敏是两回事。

我也见过很多人，捕风捉影，胡乱猜疑，爱人叫异性朋友一声哥哥或妹妹就觉得是关系很不正常，一起吃顿饭就认为是出了轨。

这类人往往非常偏执，轻易就在心里形成一种错误判断，并把这种假想当成真的，不顾事实，不听对方解释，不看对方表现，让对方长期蒙受不白之冤。

这种多疑的性格，往往跟人的自卑心有关，一个人如果不自信，就难以信任别人。TA潜意识里会觉得自己没有足够的魅力和吸引力，不能让对方对自己死心塌地，于是便预期对方会不满足，会找别人来弥补。这种不信任，会让两个人都战战兢兢如履薄冰，活得特别累。

如果你是这种人，就一定让自己理性点，提醒自己不要活在臆想里。尽管风险确实存在，但绝没有你想象的那么严重。无端猜疑，就等于你不断地给自己的婚姻设置陷阱，导致两个人不断地往坑里掉，好日子也过不到好处。

而如果你的伴侣是这种人，就需要你做事尽量坦荡，多释放安全信号，想办法消除TA的疑虑。同时，适当地赞美对方，表达你对TA和这个婚姻的满足，让TA自信，从而信任你。

家不和，万事不兴

由于人对性的独占心理和长期的文化观念，我们会本能地要求另一半对自己忠诚。在这方面，无论男女，都需要安全感。没有信任，就不可能有安全感，当然也就不可能有真正和睦和谐的亲密关系。

一个女人如果怀疑老公出轨，那她一定会花费巨大的精力去探寻求证，翻看他的手机，他的包，他的衣服，他浏览过的网页。上着班，一想起对方可能在做坏事，她可能就马上开始心神不宁，完全没办法集中精力工作，只想着怎么去抓个现形，怎么得到一个真相。

而被怀疑那个人，不管做什么事，都不得不去想会不会引起对方猜疑，他可能会不得已地放弃一些很正常的工作和生活，不能约客户吃饭，不能去健身，不能听情歌，不能参加同学聚会，不能穿像样的衣服……这种状态下，不但双方都会非常痛苦，更重要的是，如果一方不断猜疑试探，另一方不断解释自证，双方都把精力浪费在这些事情上，这真是对生命的一种毫无意义的巨大消耗。

所谓家和万事兴。夫妻如果不信任，不和睦，你就没办法把精力投入到真正有意义有价值的地方，也就很难实现人生的全面兴旺。

信任就像两个人之间的空气，它存在的时候，你往往没什么感觉。而一旦没有它，你就会非常难受。

没有信任的婚姻，就没有幸福可言。如果你想要安定美满的生活，一定要努力建立信任，并全力保护它。

人活着最不能错的，是初心

　　陪孩子上围棋课，有次课间闲聊，围棋老师问我们，为什么让孩子学围棋？

　　几个家长给出了很多答案——"为了锻炼孩子心性""想培养孩子思考和计算能力""让孩子习惯竞争，从容面对胜利和失败""让孩子有个特长，要是考出个三段四段来，对将来升学有帮助"……总之好处挺多的，所以就来学了。

　　围棋老师听完，摇头，说：我认为这些都不对，学围棋最重要的目的，应该是会下棋，因为下棋有乐趣。

　　这么简单？

　　就这么简单。

　　说实话，我当时对老师这个答案完全不以为意，甚至并不认同。想来其他家长也是如此。

但是后来，我越想越觉得有道理。

学围棋确实有很多好处，但那些好处，都不应该是最终目的，我们让孩子学围棋，根本上，就应该是让他会下棋，让他的人生多个乐趣，在无聊苦闷压力山大时，能有个排解渠道。

培养能力、升学加分当然也重要，但若是冲着这个去学，心态就会偏，就会急功近利，就会把下棋当成一个任务压在孩子身上，逼他学，逼他练，使他反感烦躁，体会不到下棋的乐趣，如此，便很难坚持，多数孩子就这样半途而废了。

怀着功利心去做一件事，有趣的事，也会变得无趣，变得辛苦，变成折磨。

初心错了，可能就全错了。

偏偏我们一直在犯这样的错。

让孩子学钢琴，是为了培养乐感、促进手指和左右脑的协调，为了考级、体会表演的荣耀。

让孩子学画画，是为了培养感知力、想象力、创造力，万一画好了，还能获奖，能赚钱。

让孩子学舞蹈，是为了塑造形体，提升气质，培养审美，增加自信，当然，表演给人看，也是很拉风的。

很少有家长是因为弹琴很快乐，画画很快乐，跳舞很快乐，而让孩子去学习的。

我们嘴上把这些培训都叫"兴趣班",但在功利的心态下,孩子在这些方面本来浓厚的兴趣,很容易被消磨掉。

所谓的"兴趣班",常常变成了事实上的"毁掉兴趣班"。

也因为很快没了兴趣,大部分孩子都学不了很久。真能学出个样子的,也是不情不愿地咬牙坚持,体会不到什么乐趣。

其实反过来想想,如果我们有一个正确的初心,就是单纯地为了让孩子"能有一件可以让自己快乐的事",而去送他学习,效果可能就大不一样了。

比如学画画,如果我们就是为了让孩子会画画,让他随时能拿起笔来尽情创作,让他能有那么一些时间,可以快乐、舒展、自由地沉浸在自己的世界里,那么,我们就会尽力保护孩子对画画的兴趣。而如果孩子在画画时能持续地体会到快乐,自然就能坚持,能做好,那么开发大脑修养心性之类的目的,随之也一定能达到。反之,如果为了培养能力而不惜扼杀兴趣,最终结果很可能是一事无成——兴趣没了,就什么都没了。

大概也可以这样说,兴趣是"1",而其他能力都是跟在后面的"0",要想让价值最大化,必须把这个兴趣留住。培养能力和特长就算重要,也应该是附加目标,不该喧宾夺主,否则很可能就价值全无了。

很多事情都是这样,一荣俱荣,一损俱损。

而初心的正确与否,决定着你所做的事情最终是"荣"还是"损"。

对我们自己来说，也是如此。

比如工作。我们选择一份职业的初心，如果是为了实现自我价值，而非赚钱谋生，可能你就更容易找对职业方向，在工作时的心态也会好很多，遇到挫折、瓶颈、压力时也比较容易熬过去。

比如婚姻。如果我们选择一个人，是因为跟ＴＡ在一起快乐、合拍、踏实、能彼此成就，而不是因为他可以养我，或者她愿意伺候我，那么这个婚姻就会更强韧。就算有一天对方穷了或者丑了，也不会轻易瓦解。

比如旅行。如果我们的初心是去见识世界或者放松心情，而不是为了拍照片发朋友圈让别人知道我去过哪里，这旅行一定会收获更多。否则你可能仅仅因为没拍出好看的照片就万分沮丧，游兴全无。或者，就算收获美图许多，但只是你的相机看到了，而你的心，错过了真正的风景，你浪费了旅行真正的价值。

当然，有些时候，各种目的并不冲突，一份赚钱的工作也可以同时实现人生价值，一个多金的爱人也可能跟你合拍，一次探寻世界的旅行也完全不耽误拍照片向朋友展示……若各种目的能同时兼顾，自然是极好的。但多目标齐头并进的同时，还是应该有主次之分。不管培养孩子，还是工作、婚姻、旅行，一件事情真正的意义是什么，我们的初心就应该是什么，要让这个初心时刻提醒、引领自己，使自己能一直保持良好的心态。这初心万万不能错，否则，你再努力再精心，可能也不会得到自己想要的结果。

我们常说"不忘初心，方得始终"，其实"不能忘"的前提，是"不能错",一旦初心错了,导向就会错,越记得,反而越容易走到进退两难的死胡同。

所以,我们在做一件事之前,一定要想清楚它的真正意义和你的真正需求,然后抱持正确的初心去做这件事,这样才不会误入歧途,也才能得始终,得收获,得圆满。

○ 爱人回来了，爱却没有

    我的一个本家姐姐，婚姻很坎坷。她和姐夫相爱多年，因为姐夫家人的强烈反对，直到姐姐怀孕五个月，才结了婚。不想婚后一个多月，姐夫就开车撞死了人，被判了三年刑。这三年里，姐姐一个人生了孩子，辛苦持家，日子过得非常艰难。因为姐夫服刑的地方比较远，她去看他一次往返要五六天，但只要攒点钱，她就带着孩子去探监。

    我每次听说姐姐又带着孩子上路了，心里都酸酸的。对一个女人来说，这样的现实真挺残酷的。好不容易，三年以后姐夫获释。在我们大家庭庆祝姐夫出狱的聚会上，看着他们一家三口其乐融融地坐在一起，我特别感动，心想，这样的患难夫妻，一定能长久地相爱。

万没想到,没过几个月,姐姐忽然打电话告诉我,他们离婚了。

原因很复杂。她说,自从姐夫一回来,他们就不停地吵架,为了公婆吵,为了孩子吵,为了做饭多放半勺米也吵,吵得天昏地暗,有两次还动了手。最后没办法,姐姐带着孩子回了娘家,可是姐夫居然追去那边吵。最后两人都心灰意冷,选择了离婚。

我很替姐姐难过:你们那么相爱,这么艰难才在一起,居然落得这样的结局。

姐姐说,大概是因为不爱了。这几年里,两个人都在变,但是彼此还都以为对方是以前那个人,想象得特别好,一回到生活,发现根本不是那么回事,都挺失望的,所以才互相看着不顺眼,才老是挑剔,互不相让,吵得过不下去。我觉得他服刑这几年,我把对他的感情都耗光了。现在他人回来了,爱却没有了。

这真是挺悲哀也挺奇怪的一件事——你心心念念地爱着一个人,那个人却不在身边。而好不容易能在一起,却发现已经不爱了——这正是爱情吊诡的地方:有时候爱在,爱人不在;有时候爱人在,爱却不在了。

仔细想想,在大多数人的生命里,爱人和爱情很像是两条相交的直线。

最初,这两条直线是不断趋近的。那时候我们年轻,荷尔蒙迸发,爱情火花四溅。但可能是因为暗恋,或者因为太年轻而身不由己，各自求学，各奔前程，有时候很喜欢很喜欢，很想念很想念，却不能和那个人在一起。那时候，爱情在，爱人不在，但是大家都在努力地向彼此靠近，心里是苦苦的幸福。

到了二十几岁，生活终于渐渐安定，终于可以守在爱人身边，爱情和爱人这两样宝贝在此刻交汇，两个人在一起，信手拈来都是甜甜的欢喜。

然后就是结婚相守，两个人经过或长或短的生活，可能会出现姐姐那样的情形：生活打碎了想象中的美满爱情，让你发现原来你爱的只是当初那个他，现在这个，你并不想要。也可能是你们在一起生活得久了，历经时间的磨砺，所有激情都退却，爱情消失殆尽，虽然他还在你身边，却已经像个至交老友，只顶个爱人的名，却没有爱情之实。这时，爱情和爱人这两条线走过紧密的相交点，向各自的方向延伸。这样的现实更加恼人，也更加是对人的考验，需要你耐心地熬过，否则稍不小心，就可能是两败俱伤的结果。

算一算，其实我们一生中，爱情和爱人重叠在身边的日子并不多，大部分时间里，这两件事都是分离交错的。人生的缺憾有很多种，而这一种里，集合了爱别离，怨憎会，求不得。除了平静接受，想来也别无他法。

爱情是降，婚姻是养

广末凉子要走色情路线了，要全裸上镜，要秀美胸，要蒙眼拷手被中年男人性虐待……唉，老哥说他再也不相信玉女了。当年那个淡妆短发纯情忧伤的小美女谁不怀念呢——不认识广末凉子的请参照内地女星董洁，反正都是玉女出道，都是结婚生子又离婚，都是离了婚之后连长相都变了。和董洁不同的是，广末凉子自打结了婚演艺事业就开始嗖嗖往下滑，她那个模特老公不但吃软饭，还花钱如水，还出去约会女模特。广末凉子一介广告女王，因为未婚先孕毁了玉女形象，为了养老公儿子，拼命接戏，眼瞅着从女王跌落到女配角，最后竟成了情色女星，实在是，呜呼哀哉。

所以婚姻是女人的二次投胎这种说法绝不是白来的，但它说的并非女人空手套白狼，凭空降落到一个安乐窝里，安享男人为她备下的一切，而是她要从此和一个男人捆绑在一起，换到另一个生活环境，开始另一种方式的生活，这个男人高不高富不富帅不帅其实并不是最重要的，要紧的是他的存在能不能让她活得从容喜乐，并在此基础上，生命质量不断更新完善，人生道路更加美妙宽广。

如果说爱情是一物降一物，那婚姻就该是一物养一物。衡量一个老公的好坏，要看他能多大程度地滋养你，包括物质和精神，个人认为后者更重要。若像广末凉子那样，被一段内忧外患的婚姻拖得每况愈下，榨干了才分和财富，最后离了婚，生命力也只剩下从前的一半，那无疑是选错了人走错了路。

同样是离婚，邓文迪就大不相同，尽管她有被突击清理门户之嫌，但在一起这些年，老默对她生命价值的提升、人生道路的拓宽，是无法能用财富数值衡量的。当然反过来，邓文迪也同样用她的青春活力滋养了默老先生，让他在七八十岁高龄奏响了崭新的人生篇章，老树开出了新花，就算最后悲情花落，也总归是有过意外收获。所以邓默这场婚姻，彼此都有斩获，今日分别，当是爱情寿终正寝，不算失败。

只是现在仍有许多媒体，每见他人离婚，便不加思索盖上"失败"大印，仿佛所有离婚者都在婚内受尽磨难一无收获，他们的开始和过程都是错的，只有离婚离对了。拜托，这世上有太多事情是不能以结果论的，婚姻就更是。两个性格不合三观不合的男女，在大吵大闹中相伴走完一生，就算成功吗？就比那些相互提携激发而后分开各自走向更好人生的婚姻更好吗？好比一个活到一百岁老死了的流浪汉，他的人生难道比英年早逝的科学家更成功？生命的意义在于它的成长和贡献，婚姻亦同，它唯一的衡量标准应该是为当事双方的幸福和壮大做了多少贡献，而非它存活了多少年以及死相是否好看。

世间万物，生物链环环相扣，一物降一物是自然法则，而男男女女相互降服也是这法则的一部分。眼里微波一转，嘴角笑意一现，体内荷尔蒙一升，爱情就来了，一方就把另一方降了。但是相爱容易相守难，相降容易相养难，找到爱的人是分分钟的事，而能否从里面准确地扒拉出可以给你的生命提供养分，让你活得珠圆玉润、蓬勃茁壮那位，恐怕就得拼人品了。

且把此作为情路目标，努力地攒人品吧。

女人太容易在爱里变成小孩子

前几天突发奇想，建了个专聊爱情的读者群，在公号发文请大家扫码入群。

没想到，文章发出去十分钟，一百人便嗖嗖地到齐了（微信扫码入群的上限是一百人）。然后各款爱情故事就开始刷屏。几十个女人同时讲自己的爱情，可以想象场面有多壮观。

请注意，热切倾吐心声的都是女人。整个晚上，基本没有听见男人的声音。

同时，公号后台收到很多留言，说群满不能进，很捉急。

于是第二天，我又建了三个群，两个女士群，一个男士群——怕男人插不上话，所以分开。

三个群很快又全满了。男士群满得稍慢，而且很多都是因为女士群已满只好进男士群的女人。

当晚,有个女士群聊了整个通宵。而男士群十一点就偃旗息鼓了。

在之后的三天里,我看到了许多女人的爱情故事,男人的貌似只有一个。

可见,对于爱情,男人的表达欲望和表达能力都比女人低很多。更重要的是,男人在爱情里的困扰,大概确实没有女人多。

你一定想知道我们聊的都是什么故事。

其实几万条聊天记录,归纳起来,大体就是两个字:错爱。

爱上了花心男人,爱上了不肯结婚的男人,爱上了已婚男人,自己已婚却又爱上了已婚的男人……

还有,分手了却还爱着,对方爱答不理却还爱着,没有未来却还爱着,被伤得无以复加却还爱着,明知是刀山火海却还爱着……当然,主角都是女人。

都是很痛很委屈,很苦很纠结。也都是情到深处,拔不出来。

一位男性朋友看了群聊,私下对我说:好惊心动魄,感觉是一群疯子。

我说不是疯子,是一群小孩子。

女人一旦陷入爱里,太容易变成小孩子。任性,贪恋,不顾后果,为了那一点甜蜜,不惜受尽委屈。

跟他在一起的时光很美好。为此甘愿忍受更多不在一起的时光里残酷的折磨。

他过去对自己真的很好。然后便念着记忆里的好,假装不知道他已绝情离开、急于摆脱你的纠缠。

担心离开他再也找不到这么好又这么爱的人。可是他也是芸芸众生里平凡的一个啊,如果这世上没有他,难道你就一生无爱了?

其实错爱里的女人,心里大多十分清楚是该痛下决心离他而去的。只是"知道该怎么做"和"真的那样去做"之间,隔着迈不过去的万水千山。

这大约是生物特质决定的。

女人天生更敏感细腻,对情绪有更丰富的触觉,这让她们能在爱情里感知更多更深的快乐。而同时,女人又相对脆弱,缺乏勇气和自制力,更容易受理性之外的力量控制,所以很难洒脱地从一段错爱里抽身上岸。

而男人通常在爱情里体验到的乐趣相对有限。若爱情是一块十分甜的糖果,女人也许能品到九分,男人大概只能感受五分。所以,一旦意识到要为这糖果承受太多苦或者太大代价,男人很容易弃之而去,女人则是各种舍不得放不下。

对方放下了,你放不下,所以疼的自然是你。

佛家说,人的一切烦恼,都是源自妄想和执着。

一个人妄想抓住自己抓不住的东西,又执着于此,痛苦在所难免。

所以，亲爱的姑娘，也许你大部分时间都意乱情迷不管不顾，但至少，你该在某一个瞬间，在某一个心灰意冷的夜晚，让自己摆脱本能的驱使，跳出来冷静地审视一下你的处境，这份九分甜的爱情，已经带给你十八分的苦，而甜还在减，苦还在增，好好问问自己，你执着于它的意义在哪里？

有些错，要发自内心地承认。错就是错，就应该立刻停止并纠正。别妄想在歧途上策马狂奔，最后还能迎来花开遍野。

你怎么可能运气那么好？

不如把这段感情，当作一次苦乐参半的修行，及时给自己发个毕业证，强迫自己走出那泥沼。真的摆脱那暗无天日的混沌和挣扎以后，你会发现自己已经成长和强大，而且还有更好的爱情，在前面等着。

朋友越多越好?
这是个误会

身边总有几个朋友,好像是老天专门派来拉低你生命质量的。

你脸上长了小雀斑,自己还没注意,朋友先看到了,虚张声势指给你:哎你长雀斑了呀,怀孕时长的吧?这种雀斑可讨厌了,特碍眼,又去不掉。

于是以后你不涂遮瑕霜都不敢出门了。别人多看你两眼你就觉得是在看你的雀斑。

你花了很多精力去解决小雀斑,却根本解决不了,只好拼命劝自己"无所谓啦,又不影响大局"。

可是刚调整好心态,那个朋友又指着你的脸说"哎呀,这里怎么又长了两个!"

单位组织去爬山,你难得出门,正欢欣鼓舞拥抱大自然呢,身边的同事却不停说:"怎么选这座破山呐,人这么多,路这么脏,树这么秃。南边山上花开得可好了,那么多好地方不去,却偏偏选这里,咋想的。"

于是你也注意到路确实有点脏啊,树确实有点秃啊,心情就打了五折。

你喜欢在楼下的菜店买菜,新鲜,方便,虽然小贵,但你觉得无所谓啊,反正买得又不多。但是经常聊天的邻居就一直抱怨:"菜市场的土豆一斤才两块钱,这里三块五,太黑了,你干吗老在这儿买呀,别小看这一块两块的,天天买,一个月能差好几百。"

于是你再去那家店买菜,心里就有点不舒服了,付账时就会下意识地算,又多花了十块,亏了。

我们的很多烦恼,都是因为跟错误的人相处。

人是接纳性很强的物种,很容易受环境影响。

你身边多一个消极、无趣、狭隘、毒舌的人,你的生活里就多了一个气味不怎么美妙的垃圾桶,你的幸福感就会打一些折扣,生命质量也会被拉低一截。

关键是,这垃圾桶还是一个污染源,会在不知不觉中,把错误的思维方式传染给你。

跟斤斤计较的人做朋友,久了,你就变得斤斤计较。

跟眼毒嘴毒的人做朋友,久了,你就变得挑剔狭隘。

跟无趣无品的人做朋友,久了,你的品味趣味就降低了。

跟喜欢抱怨的人做朋友,久了,你的心里就会生出许多怨气。

选择朋友其实是人生一个重大的课题,选对了和选错了,结果大不相同。

偏偏我们又都有一个惯常的错误,就是交朋友太随意,很容易跟那个碰巧在自己身边的人走得很近,就算不怎么喜欢,不怎么认同,也顺其自然地成了朋友。

人们喜欢说"多个朋友多条路",所以提倡大家多交朋友。其实这种广纳并收未必正确——如果多的是一条邪路,还不如没有吧。

那些教你坑蒙拐骗的人,那些贪婪自私冷漠的人,那些会在你的不幸里充当看客的人,那些嘲讽你的努力毁灭你的幸福感的人,都不应该成为你的朋友。

还有一些人,人品心地都不算坏,但太不会说话做事,或者坏情绪太多,你越接近TA,就要花费越多的精力去抵御TA对你的消耗,驱赶TA带给你的负能量。

这种"有不如无"的朋友,也应该离远点。

生活已经够累够麻烦,我们实在不该再把有限的精力,投给没必要的人和事。

我们都知道找对象要谨慎,其实交朋友跟找对象差不多,也不能太随意。我们要学会择邻而居，择友而处，绝不应该放弃对朋友的选择权。

要对那些会拉低你生命质量的人，坚定地say no，然后有意识地去靠近美好的人。让美好的人，把豁达、明媚、积极的生活态度传染给你。

同时，我们也要尽力，去做别人的小太阳，而不是垃圾桶。

相信这世界是善意的

Chapter 4

所谓信心,就是一颗相信的心。它会给人勇气,给人力量,给人耐心。

幸福等量交换

昨天在微秘上看到两条有趣的牢骚。

第一条来自一个女孩,她说,跟男友久别重逢,一起去海景餐厅吃饭,又牵着手在海边漫步,坐沙滩上看晚霞和渔船,美好极了,可惜男友沉不住气,总要回宿舍,猴急地想上床,有点扫兴。

第二条来自一个男孩,他说,女友拖着他逛了一天街,大包小包买一堆,完了就想回家,他好说歹说才将其稳住转移到酒店,上个床真不容易。

两条抱怨碰巧凑在一起,甚喜感。恋爱中的男女,大概都是这样各怀鬼胎吧,女的要浪漫,男的想激情,纠纠缠缠中,达成各自的愿望。期间也许都有小小的不满和不解,但最终都退让了,毕竟大家好才是真的好。

本来嘛，上帝既然将男人和女人做成大相径庭的两个模样，便注定了双方有不同的需求和喜好，无论怎样的恋人，细致地探究下来，都会有许多想法上的背离，若想平平顺顺走下去，就必须互相体贴，彼此迁就。

比如我觉得坐在沙滩上看晚霞说情话，才是顶美好的事，床上那点事儿远不及此，但你偏偏热衷床上激情，那么好吧，因为你给了我看晚霞的快乐，我也便好好地跟你去酒店，让你也开心满意。

或者，我最想要的只是床上缠绵，为此，我愿意勉为其难陪你逛街赏景，刷卡提包，让你心满意足，然后去达成我的愿望。

婚姻想来也是如此。对多数人来说，除了感情，女人想从男人那里得到精神和物质的强大支撑，以使生活安定富足，而男人想要个温柔舒适的窝，要个照顾自己衣食的人。再好的感情，落到生活里，也是须要许多交换的。你多买些米回来，我做饭给两个人吃，大家心甘情愿做一些额外的付出，也便能踏踏实实获得对方的恩惠。以我之长，补你之短，以你之余，抵我之缺，日子就在这样的合作里，渐渐圆满了。好爱人和坏爱人的差别是，前者懂得相互成全，懂得通过付出和妥协换取自己想要的，而后者不会。

不快乐的恋情或婚姻，多半是一方或双方死攥着自己的资本不放。也许是有意——明知你需要，但我觉得好不合情理，便坚决不给。也许是无意——完全想不到你有那样的需要，根本不晓得该为你做那些事。于是得不到给予的一方开始不满，天长日久，关系渐渐失衡，感情就在这一次次求而不得的失望里耗尽了，就算由于一些不得已的原因坚持守在一起，也是一对咬牙切齿的怨侣。

其实两个人凑成一对，为的就是互相从对方那里得到些一个人搞不定的幸福，若没有默契的交换，主动的成全，幸福从何而来呢。

所以，在宏观层面上，幸福总要遵守等量互换原则，某种意义上说，你有多幸福，取决于你给了对方多少幸福。若你能满足他那些看似不合情理的需要，他便多半愿意给你同等程度的回报。比如，假使你能宽容他不好的卫生习惯——东西乱丢、不爱洗澡，也许他便能纵容你三天买四双高跟鞋的恶习。若你能体贴细致地照顾好老人孩子，也许他便会更努力地工作赚钱。这是拐了个弯的多劳多得，或者多忍多得，多退多得。

连在一起的两个人，如同两个底部相通的试管，而幸福是里面的水，大体总是平衡的，如果你肯把自己的水加到他那一边，自然会有一半流到你这边。而他给你加，也便会加到他那边，如此，幸福便满了。

最好的关系，
是我懂你的不容易

姐姐和姐夫结婚快二十年，感情很好，极少吵架，是亲戚里的好夫妻典范。大家说起他们来都会纳闷：这俩人，好像就不会生气似的。

我以前也纳闷。不过现在懂了。

前几天住姐姐家，姐夫晚上十一点才回来，当时我们都睡了，但姐姐一听开门声，就立刻爬起来，说你姐夫醉得不轻。

我迷迷糊糊跟着出来，只见姐夫正扶着卫生间的门狂吐，马桶近在咫尺，但他全吐在了地砖上，溅得到处都是，姐姐轻拍着他的背，看他吐够了，接了杯温水让他漱口，又找出睡衣帮他换上，安顿他躺好，然后自己去卫生间打扫。

全程没有一点不高兴。

我说姐，你真是好脾气。后面的话没说：男人在外面喝到半夜回来，门开得哐哐响，吐得满地都是，换一般女人，怕是早烦了吧？不骂几句就是好的了，哪有心情照顾他？

姐姐也明白我的意思，边打扫边说：你姐夫不容易，现在大环境差，生意难做，他也是苦拼啊，要不谁愿意把自己喝成这样，这是实在忍不了了，才吐地上，但凡能忍一下，他也得吐马桶里啊。

理解了，就不会生气了。姐姐说。

这话让我想起另一件事。

是几年前，姐夫跟朋友合作一个项目，投入很大，结果血本无归。那段时间姐夫很消沉，整天闷在家里，除了睡觉就是玩游戏。姐姐工作本来就忙，下班还得带孩子、做家务，变着花样给姐夫做好吃的。有次她想给姐夫做辣子鸡，拿不准做法，就打我妹电话问。我妹就不爽啊，说姐你怎么这么惯着他，把家底赔光了他还有功了？一天啥事不干让你伺候着，看那没出息的样儿，你怎么就不知道生气呢！

姐姐说：他也想有出息啊，但人能力都有限，咱也不能强求，我知道他心里苦，这个事儿对他打击太大了，得给他点时间缓缓，缓过劲儿来就好了。我不也有过这样的时候嘛。

姐姐说的，是几年前，她生完孩子又生病，连续请了一年半的假，结果回去上班时，职位已经被顶替了，她沦落到最差的部门，整天累得要死，又谁都不待见。

那段时间姐姐情绪也很糟,每天到家啥都不干,连饭都不愿意吃,有点事儿就闹小脾气。但姐夫也从来不生气,还老跟她谈心,安慰鼓励她,心甘情愿承担着所有家务,每天给她揉腿,一揉就是一小时。还从网上给姐姐买了两条超贵的裙子,其中一条码太大,直接给我妈了。

我妈白白捡了便宜也不感恩,说姐夫"你把你媳妇惯坏了"。姐夫当时也说:她不容易啊,工作这么不顺心,我再不对她好点,她这日子可咋过?

我懂你的不容易。想来,这正是他们感情好的根本原因。

众生皆苦,每个人都承受着自己的艰辛。而我懂你,就会对你的苦感同身受,纵使不能为你分担,也要在这苦里加点糖,尽我所能,让你好过一点。

我懂你的不容易,所以发自内心地体谅你的过失,你的消沉,你的任性,你的平庸。

我不是不会生气,而是知道不该生气。

这也许才是良好亲密关系的根本。只是我们通常意识不到。

我们一贯看重的,是你欣赏我的好。

你要看到我的美、我的才华、我的智慧、我的善良,这样你就会爱我宠我珍惜我。

这当然也重要,但仅有这个其实远远不够。

其实无论什么关系,夫妻也好,母子也好,同事也好,要想相处融洽、内心亲密、感情稳固，除了要欣赏对方的好，更应该懂得对方的苦。

作为儿子，如果你知道生活给老妈的巨大压力，知道她能力有限、受的教育又不多，那么就算她拿不出你买房的首付、不会用新观念教育你的孩子，你也不会生气，你对她，就只有爱和感恩。

作为母亲，如果你知道女儿三十岁还没有男朋友，是因为她上一段情伤未愈，或者她很努力去找了但还没遇到合适的人，她比你更煎熬。那么你就不会整天抱怨、唠叨、逼迫，给她增加不必要的压力，反而会宽慰她支持她，让她知道有老妈做自己的坚强后盾，不必急，不用怕。

作为员工，如果你知道老板每天多么焦头烂额地处理业务，知道他力不从心却无处依靠，你就能谅解他的严苛和暴脾气，就会知道应该踏实认真工作，实实在在地为公司尽一份力。

作为老板，如果你知道员工要养活一家老小，房贷压在头顶，父母年迈多病，你就不会因为他计较奖金而质疑他的人品，不会冷漠地用工作填满他的所有假期，你就会愿意稍微多付一点奖金，多给他些时间去照顾父母孩子。

……

你懂了ＴＡ的不容易，就能设身处地体谅ＴＡ的小毛病，包容ＴＡ的坏脾气，你们会建立起更健康、亲密、牢固的关系。

你懂了我的不容易，你就走进了我心里。

这辈子，
妈妈只跟你分开这一次

一晃神，你已无影无踪

蛋蛋：

好久不见，十分想念。

这词好熟。十三岁那年，我给转学的好朋友写信，开头也是这句。只是当年写这句时，我还有点得意，觉得自己好有文采，跟此刻写给你的心情完全不同。

那时我对这世界的认识，也与今天完全不同。

那一年，同桌问我要找什么样的男朋友，我羞涩而诚实地告诉她，要高，要帅，要忧郁多才。

十年后我遇到了你爸爸，除了不够忧郁，他都达标了。于是我们开始恋爱，五年后我们结婚，又过了五年，在你三岁时，我们离婚了。

这么说起来好像挺平静的，但我该怎么描述这过程的惊心动魄呢？就像我精心在海边建了一座城堡，把它当作人生最重要的作品，可是一场海啸呼啦一下就把它冲走了，我全部的心血付之东流，更重要的是，那城堡里我最爱的娃娃也被冲走了，一晃神，就无影无踪。

那个娃娃就是你，蛋蛋。

本来我跟爸爸的协议是，你的抚养权归他，工作日你在他那边，节假日我接你回来。这是当时我这个笨妈妈唯一能想到的万全之策，我以为这样最多五天不见你，我能忍住。

可是离婚后不到一个月，奶奶就把你带去厦门老家了。我要去看你，得飞上三千公里。这距离太远，远得我已经快七个月没见到你。

七个月，对于此前一天都没有分开过的我和你，是无法想象的漫长。

你在陌生的城市，会快乐吗？

这些日子我时常出现幻觉。做饭时，会听到客厅里有你玩玩具的响动，路过洗手间，就感觉你正蜷成小小的一团坐在马桶上吭哧吭哧地拉粑粑，在楼道里看到零食袋子，我马上会推想是不是你回来找过我。

这两百个夜晚,每天我都需要安眠药的辅助才能入睡,可是尽管药量逐渐增加,我仍会在凌晨时分惊醒,想着你在陌生的城市,吃陌生的饭,上陌生的幼儿园,身边全是讲着陌生语言的陌生人,你会快乐吗?你会不会想妈妈?

你临走时留下的微笑熊,我把它放在了卧室床头,每次深夜醒来,隐约在黑暗中看到它憨头憨脑地对我笑,我就仿佛看到你用肉肉的小手捧住我的脸说,妈妈,要开心一点喔。

蛋蛋,妈妈不是懦弱的人,离婚后这大半年来,妈妈一直在努力让自己开心,努力开始新生活,很多事情妈妈都做到了。

妈妈只是,很久不见你,十分想念你。

上个月同事去厦门出差,答应我抽时间去看你。我对她千恩万谢,然后转了十几家玩具店,给你买了套正版的维尼乐园模型。

后来同事回来,说礼物送到了,你很喜欢。我的心快跳出那栋楼了,问她你怎么样。她笑嘻嘻地说:很黑,很肥,像个小土匪。

我也笑了,笑着笑着眼泪就止不住了。

我给爸爸发短信,拜托他,你若回来,无论如何要让我见见。

他答应了。

妈妈去相亲了

昨天妈妈又去相亲了,是个很不错的叔叔,年轻,阳光,爽利。我在星巴克听他谈了一下午星座和豪车,虽然隐隐觉得有些不对劲儿,但我保持着足够的耐心。

谈话快结束时,外面有个小孩好奇地站在窗外往里看。我小心翼翼地告诉那个叔叔,你差不多也这么大。他一愣,眼神里透出些警惕和茫然。

我心里那点不对劲儿渐渐清晰并放大了。是的,他还年轻,不懂得对一个妈妈来说,把孩子丢出去意味着什么。那是一道永远不会结疤的伤口,随时刺痛,随时溃烂,随时在心里泪雨滂沱。

这些日子我见了好些人,律师警察教授老板,穷的富的,素质高的素质低的,我都觉得有点不对劲儿,面对他们,我总莫名的挑剔和戒备,怕他们对我不好,怕他们对你不好,潜意识里总把对方当成对手,而不是伙伴,怎么也找不到当年和爸爸恋爱的感觉。

也许我老了,一棵秋天的老树再怎么怀着美好愿望,都结不出夏天那么硕大的果实了。

但我还是一个一个耐心地去见他们,我必须重新搭建更坚固的城堡,这一次,更加不能草率。

我真是欠你太多了

终于,在222天的分离之后,我等来了这一年最大的好消息:你回来了。

爸爸让我去游乐场见你时,我只觉得浑身的血液都噌噌地往头上涌。放下手头所有的事，我开车奔往游乐场。在市区开到一百迈，这是我的新纪录。

你正站在滑梯顶上准备往下滑，看到我，有一瞬间的愣神，仿佛面对最熟悉的陌生人。

蛋蛋！快下来！我喊你，声音抖得不像样。

你有点疑惑地滑下来，自觉地走向我。你胖了，走起路来昂首挺肚，像一只小肥鸭。我一把抱过你，泪水喷薄而出。

大概一分钟以后，你终于找到了妈妈的感觉。你开心起来，极度的开心，趴在我身上又啃又咬，你说，妈妈，我还以为你死了呢。

我咧咧嘴，说，没死。

那什么时候死？你认真地问。

要是不出意外的话，一时半会儿死不了。我说。

那我就可以一直和你在一起啦？你开心地问。

我艰难地向你笑笑，无言以对。

其实我很想像外国人那样告诉你，爸爸和妈妈只是分开生活了，你只是多了一个家，以后还会有另一个爸爸另一个妈妈，我们都会很爱你。

可是说实话，这番话我都骗不了自己。这不符合中国国情，老人的教育，邻居的评说，同学老师的眼光，总会将你围困在一种不寻常的氛围里。

我真是欠你太多了，而且这亏欠永远无法弥补。

这一点，离婚时我是想到了的，只是面对奶奶的苛刻刁钻，面对爸爸的懒散冷漠，在那种"拿着菜刀砍电线，一路火花带闪电"的日子里，我丧失了继续下去的勇气。

姥姥说，其实爸爸是好人

我回到家，一进门就向姥姥汇报：我见到蛋蛋了。

不出意料，姥姥的眼睛立即瞪得溜圆，而且半天都没复原，瞪啊瞪的，瞪得眼圈都红了，她张了几次嘴，才发出声来：蛋蛋，长高了吧？

我心里很酸。她是姥姥，她怎么不想你，这三年里她给你缝过多少被子擦过多少次屁股，你脸上长一个小红点她就担心得一晚上睡不着。

她只是不说，她以为她不说，我的日子就能好过点。

我详细描述了你的现状，从衣服的款式质地到头发和指甲的长度，说了很久，姥姥还是不过瘾，最后终于有点不好意思地鼓起勇气说，能不能跟他爸爸好好说说，明天让蛋蛋上这边待一天？一上午也行。

怀着豁出去了大不了被拒绝的想法，我给爸爸打了电话。他犹豫了一下说，我试试吧。

我知道，他是怕奶奶不同意。

那一晚，安眠药又失效了。我听着姥姥每隔十几分钟就去一趟卫生间，内心无比忐忑。第二天早上，我们如常起床，整理房间，吃早饭，但是谁都没敢提起你。

终于，爸爸来电话，让我下楼接你。

我狂喜地跑下楼，由衷地向爸爸道谢，抱过你，比捡到金条还开心。

你好久没来姥姥家，乍一进门，像回了花果山的孙悟空，如鱼得水，欢蹦乱跳。姥姥和你亲不够，腻歪了一上午，到中午炒菜时，头还向客厅扭着，看着你。

吃饭时她说，真要谢谢爸爸把你送回来，其实爸爸是个好人。

我也承认爸爸是好人，当时嫁给他，也是相中他厚道。只是，对于一桩婚姻来说，仅仅厚道这一个品质是不够的。他还需要善于处理媳妇和妈的关系，懂得承担男人的家庭责任，学会沟通和及时化解各种矛盾。

陈芝麻烂谷子翻起来，姥姥又批评了我，说我脾气不好，对小事情太较真。这我也承认。离婚后我从没停止过反省，我知道这桩婚姻的失败，不是爸爸一个人的错。

傍晚，我把你交还爸爸时，发现他在车里睡觉。原来他从早上就没走，在这里等了一天。

我心里泛起些小感动，却还嘴硬揶揄他：还以为你去会柴火妞了呢。——柴火妞是爸爸同事，刚毕业的厦门小姑娘，我们离婚的导火索就是她发给爸爸那条"我很想你"的短信。

爸爸苦笑着说，我们俩真没什么，真的只是她一厢情愿而已。

我有些信了，事到如今他已经没必要骗我。或许真是我误会了，误会了他和柴火妞，误会了他那几次彻夜未归，误会了他身上的香水味。

疼痛和泪水

经过慎重斟酌，我决定找奶奶谈一次，请求她不要再带你去厦门了，如果她只是生我的气，真的没必要以折腾你的方式来惩罚我。

奶奶的态度超乎我的意料。她说，这大半年你整天闹着要妈妈，爸爸也总唉声叹气，她看着心里真难受。这个婚姻里，她是第一次当婆婆，我是第一次当媳妇，都没经验，都有不周到的地方，要是我愿意，她希望我们还能重新回到一起，总结经验教训，好好过日子。

我很震惊，复合的事我不是没想过，但怎么想，都觉得那完全不可能。

当然，我也很开心，因为奶奶答应不再带你走。

我张罗着给你找了最好的幼儿园。报道那天我和爸爸都去了，填家长信息时，我犹豫了一下，把爸爸妈妈的名字都写了上去。我不愿让幼儿园的老师和小朋友知道，你的家只剩下一半。

爸爸拿着那张表去交，我注意到他一路都在盯着那一栏看。

这一次，爸爸的表现和以往大不相同，他主动承担了大部分事情。而以往，这些事他都是统统推给我的。

中午我们请你的老师吃饭，她一再你夸你聪明懂事，夸爸爸优秀，夸妈妈漂亮，夸我们是让人羡慕的幸福之家。我一时间心神恍惚，仿佛时间回到了一年前。嗯，差不多一年了，这是我们一家三口第一次坐在一起吃饭。

可是我怎么觉得那么熟悉，那么踏实，那么亲密。

回去的路上，你在我怀里睡着了，爸爸一边开车一边装作漫不经心地问我，有没有找到更好的。我说这次我想找个差点的，丑点穷点没关系，只要知冷知热知道疼人，不会居高自傲在家里当爷。

爸爸沉默了一会儿，说：我以前确实做得不够好，没承担起男人的责任，可能还是年轻，不知道怎么过日子……要不你给我个机会，看看我的悔罪表现？

我的眼圈一下子热了，一低头，眼泪就掉在了你熟睡的小脸上。

爸爸伸手递过一张纸巾来，我的泪水更加汹涌了——你不知道这个小小的动作有多可贵，这么多年，他可都是衣来伸手饭来张口，以皇太爷的姿态盘踞在我的生活里的。

我擦干眼泪看向窗外，忽然发现被泪水洗刷过的天空是那么明朗蔚蓝。

我们的车飞驶在回家的路上，我抱紧了怀里的你，心里无比踏实。

其实我一直都知道，能让我们幸福最大化的模式，就是我们三个在一起。只是面对人生的第一次婚姻,我和爸爸都太理想化,都对对方期望太高,总一味地去要求,去索取,不懂得感恩知足,隐忍退让,于是让微小的矛盾扩大,让假想的猜忌成真,然后在鸡飞狗跳的日子里崩溃,以为再也过不下去。

而当我们都停下来,在更大的疼痛里重新选择重新思考的时候,才发现世界的真实和自己的荒谬。

感谢这疼痛,它让我们知道曾经拥有的是什么。

万幸,我们还有机会回头。

亲爱的蛋蛋,好好睡吧,我们马上就要到家了。

你不理解，我不强求

朋友的舅舅是个小有名气的中医。我们有次去诊所找他，碰巧有个大妈在问诊。

她说了很多症状：头疼，失眠，胃不舒服，浑身没劲儿等等。也讲了很多烦心事，大体就是丈夫冷漠懒惰，儿子不懂事不孝顺。

舅舅查看一番，说，你身体问题不大，不舒服都是情绪不好导致的，你别太计较小事，有空去跳跳广场舞，逛逛公园，看看电视剧。转移一下注意力，调整好心情。把心放宽，病就跑了。

大妈说，那你给我开点药吧。

舅舅说你不用吃药，保健品也别吃了，跳跳广场舞，比吃药效果好。

大妈很不满，话开始酸了：就是说我这病你治不了是吧？唉，亏我慕名来找你，排那么长时间队，合着药方就是跳广场舞啊？

舅舅说，嗯，咱这年纪，能不吃药就尽量别吃，以后吃药的日子长着呢。

大妈扔下一句"白来了"，气恼地出了门。

朋友见状，也有点生气，跟舅舅说：她那么想吃药，您就该给她开点，让她满意，您还赚钱。

舅舅说，其实开点活血滋补的药也未尝不可，但她这病根儿是心态不好，吃药只能解决个皮毛，还有副作用，真不如跳广场舞管用。

朋友说，可是您这么用心良苦地为她好，还把她气够呛，这大妈一看就不是个明白人。

舅舅笑笑：明白人，这世界不多。所以别人理解不理解的，咱不能强求，自己往好处做就行了。其实大部分人，当时不明白，慢慢会明白的，否则也不会有这么多患者来咱这儿。

忙了一下午，快下班时，又来一个男患者。舅舅了解了病情，也建议他先别吃药，只要戒掉酒，少吃高油高脂肪的东西，每晚喝小米粥就行了。

男患者详细问了具体原因，舅舅也耐心解答。患者听完，挺高兴，说，我还以为多大病，看来不严重，您说的在理儿，那我就回家喝小米粥去了。

他轻轻松松走了。我们也挺高兴。舅舅说，这是明白人。碰上这样的患者,是咱的幸运。

我觉得舅舅不但医术高,处事也挺高明的。
确实是这样,这世界,明白人不多,你善意为人,并不是所有人都能理解。遇到懂你的明白人,是幸运,值得为此高兴。而碰到质疑你否定你,因你未满足TA的期待而生气的人,是常态,不必为此生气,更不能强求对方理解,我们只要继续做好自己就行了。只要我们保持正确的善意,天长日久,大部分起初不明白的人,总会慢慢明白你。

有个叫"曲突徙薪"的故事,说有个人,家里的厨房堆了很多柴火,烟囱设置也不合理。有人提醒他这样危险,容易着火,建议改善烟道,移走柴火,但主人不听。后来果真着火了,四邻赶来救援,主人房屋被焚,损失惨重,所幸人没事儿,于是杀牛备酒感谢四邻,被火烧伤的人安排在上席,其余的按照功劳依次排座,而那个当初提建议的人,他没有请。

人通常都以为自己是懂道理、知情意、分得清好坏的。但事实上,世间有太多人,都是这故事里的"主人",会觉得把他从火坑里捞出来的人才值得感谢,而那个建议他不要跳火坑的,根本没什么。甚至,在坏结果没出现时,他可能还挺厌恶那个提醒自己的人。

虽然人们都渴望他人的善意，但由于大部分人眼界、认知的局限，"好心没好报"的情况实在太多。很多人也便因此灰心，懒得去做别人不能理解的好事。只在着火时帮着灭就好了，不愿在看到隐患时积极谏言，免得本是一片好心，别人却以为你在害他。

很多好人，因为清楚这世界"明白人不多"，选择了冷漠和迎合。反正真正的好意你不能理解，那你觉得什么好，我就顺着你说顺着你做好了，至少你高兴。你高兴了，才会认为我好，我才会利益最大化。

只是你高兴我高兴，看起来圆满和谐，但大家高兴未必是真的好，如果跳个广场舞就能治好的病，何必非得抱一大堆药回家吃呢？如果把柴火移走就能避免的火灾，何必非等把房子烧了再去灭呢？

幸好，也有些好人，比如舅舅，也清楚这世界"明白人不多"，但依然选择用最善意的方式对待他人，只是降低了对对方的期待——我知道你不能理解，但还是愿意用最大的善意告诉你最好的办法，你不懂我，我也不怨恼委屈，因为我的目的是做个问心无愧的好人，而不是让你觉得我是好人。

这种善意，最值得敬佩和推崇。

这世界需要救火的英雄，更需要提醒火灾隐患的明眼的好心人。

就算别人不领情，也依然给他最好的。这是真正的善良。

没有公平，只有平衡

小区里住着一对挺特别的夫妻，男的是企业高管，日理万机，日进斗金，女的耳朵不好，戴着助听器，在一家干洗店打工，辛苦操劳但收入微薄。工作之外，女的还要管家带孩子，很不容易。我很奇怪男人赚那么多钱，女的为啥还非得做这份工。一次和她聊起来，她长叹一口气，说，不工作会被婆家人看不起，老公倒没什么，关键是公婆。

后来她婆婆过来住，我很快明白了女人的苦衷。这婆婆打心眼里对儿媳妇不满意，觉得自己儿子这么出色，却娶了个要什么没什么的媳妇，亏大了。老太太爱抱怨，每次见面，总要说几句媳妇的不是，好像别人都是法官，能帮他们伸张正义。她说得多了，我们也觉得这媳妇真是捡了大便宜，平白无故嫁了个好老公，过上了好日子。

  但是没多久，女人的妈又来了，从她那里，我们又听到了事情的另一个版本。原来女人的耳朵也是结婚以后才坏的，耳朵一坏，以前的工作没法干了，她只好辞职回家，可是婆婆又嫌她不赚钱，想方设法把她赶出去工作。这样一来，她每天在外面工作一整天，回家还要伺候老公孩子，每天都手脚不停地忙活到深夜才能睡，十分辛苦。当妈的看到女儿这么操劳，女婿却隔三岔五不回家，好不容易回来，也是跷着二郎腿上网看电视，家务只手不沾，也觉得不公平，觉得自己女儿太亏了。

  到底谁亏呢？我们这些群众法官观点也不一致，有人支持婆婆，觉得男人这么优秀什么样的女人找不到，却偏偏找了个有点残疾的，事业身份不对等，肯定没有共同语言，亏了；也有人力挺丈母娘，认为女的整天跟保姆似地伺候男人，还得出去辛苦工作，既然这样还不如找个知冷知热的男人平起平坐地过日子，不受婆家人的气，起码精神愉快。

  有些疑问注定是没有正确答案的。通常是婆婆在的时候，大伙都觉得婆婆有理，丈母娘来了以后，又不由自主地向着丈母娘。倒是婆婆和丈母娘都不在的时候，我看着他们一家三口周末开车出去玩，其乐融融的很和谐。而且两个当事人也从来没有抱怨过对方的不是，男的心甘情愿赚钱养家，女的心甘情愿伺候男人。每次看到他们两个和和睦睦在一起，我都想，说到底这所谓的不公平与不般配，都是外人眼里的，在他们心中，可能早就达成了某种平衡。

在一桩婚姻里面，涉及的因素太多了，你比她赚得多她比你长得美，你比她脾气好她比你干活多，两个人方方面面都有极大不同，而且这些差异很难具体衡量，所以根本不可能有客观上的公平，我们只能在相处的过程中，综合衡量彼此的情况，达成主观上的心理平衡，从而平和愉悦地与对方和谐共处。

这种微妙的平衡，必须遵照自己心里最真实的意愿去完成，这个时候，最怕的就是外人的干预，本来我觉得自己多做点家务没什么，偏偏一群人出来说你干活太多了，我心理一失衡，日子马上就不顺畅了。其实何必呢，作为当事人，何必让别人来破坏自己的好日子？作为家人，你的目标总之是让自己的亲人过得开心，人家已经开心了，你何必再横生事端把人家的好日子打乱呢？何况你乱给人家加的砝码，也未必是人家想要的。

好与不好，谁的日子谁知道。

我们何必苦苦相逼

同学公司做一个家具项目,找我写文案。他很急,每天微信电话玩儿命催,我连着三天加班到凌晨一点,累得大脑缺氧手指抽筋,昨天终于写好,给他送去。

到同学办公室时,他正接电话,我离他五米远,就听到了电话那头喷薄欲出的咆哮:马上节庆了,你迟一天我损失两三万!这是开玩笑的吗?我告诉你,周六之前出不来,这活你们就别干了,你赔偿全部损失!

同学点头哈腰地解释:我都清楚,只是时间确实有点紧,我们也一直在加班,我昨晚弄了个通宵……

挂了电话,他对我苦笑:客户都是爷啊。

然后我们就赶紧讨论文案。期间涉及设计图的问题,他喊来负责的小姑娘，让她马上把图打印出来。

小姑娘面露难色，说才做了一半，还拿不出来。

同学立刻急了，劈头盖脸凶她：这事儿多紧急你知道吗？现在全卡你这儿，耽误一天就两三万！你一个月工资够吗！

小姑娘也委屈，说这个图挺复杂，一时半会儿出不来，我今天早上六点就来干活了，到现在早饭还没吃。

同学说，我不管，你两小时内必须给我。

小姑娘苦着脸去干活。

我出去喝了杯咖啡，掐着快到两个小时了，就返回同学公司去继续讨论文案。

路过小姑娘办公室时，我无意中看到她在跟送外卖的发飙：说好的半小时，这都快一个小时了，你是爬来的吗？我要去投诉！

外卖小哥一个劲儿道歉，说太对不起了，今天叫外卖的有点多。

小姑娘火很大：我不管，你们做不到就不要承诺！今天必须得投诉！

外卖小哥快哭了，说你别投诉啊，一投诉我奖金就没了。我也不容易，一天要送一百多份饭……

小姑娘的设计图晚交了四十分钟。同学又要发火。我劝着，说咱别逼她了，她也不容易。

同学说，我不逼她，客户逼我啊。

想想又说，我其实也理解客户，他的家具生意也不好做，现在人都难伺候。

我忽然想到，这位客户要伺候的，也可能就是快递小哥之类的人吧，他在买家具时，可能也是挑剔苛刻的，有一点划痕不行，晚送一天不行，尺寸出了错更不行。一旦不满意，他可能也会大发雷霆横加指责。

世界也许就是这么陷入恶性循环的：我逼你，你逼他，他又逼我。大家都在苛责别人，也都在被别人苛责。轮回之下，个个都活得很苦逼。

尽管很多时候，我们确实是享受了别人尽善尽美的服务，比如去餐厅吃饭，服务员会热情周到，厨师会尽力把菜做好，稍微咸点你就可以让他倒掉重做。但是另一方面，我们也在为别人服务，别人也会要求你尽善尽美，你挖空心思设计的方案，对方有一点不满就可能让你推翻重来，而且时间还不能晚。

世界大体是平衡的，你享受了额外的优待，就得付出额外的辛苦。

在这个信奉"无条件让客户满意"的社会，你花钱做别人客户时，是爷，而面对花钱给你的客户时，就是孙子。

这种一面被簇拥，一面遭痛骂的冰火两重天的感受，其实并不令人愉快。

想来，大部分人还是宁愿既不享受做爷的优待，也不承受当孙子的辛苦,就过力所能及的平常从容的生活吧。

那么,如果自己不想被苛责,首先就不要苛责别人了。尽量地,放低些要求,体谅下那个为你做事的人。

外卖晚点送到就晚点吃,没什么。

网购的衣服上有两个线头,剪掉就行了,没什么。

员工迟到几分钟,提醒一下就好,别太较真。

请人设计方案,多给点时间,不满意也好好说,别发飙。

……

无关紧要的事情,多给别人留点余地,让大家都从容点。

你不逼他,他就不逼我,我也就不逼你了。虽然社会规则远比这复杂,但我们还是应该尽己所能,去建立一个良性循环。

生活本来就苦逼,我们何必再苦苦相逼。

散姻缘不散交情

上周,在妹妹的婚礼上遇到了小姨夫。有点意外,有点欣慰,更有点感动——之所以心情如此复杂,是因为小姨和小姨夫已经离婚快十年了。之前只是听说他们离婚后,一直友好相处,此次见到小姨夫来参加妹妹婚礼,亲见他和我们——也就是他前妻的亲人们如老友一样寒暄交谈,真是有种不一样的感动。

小姨和小姨夫是经人介绍认识的,感情一直不错,婚后第二年有了我表弟,由于姨夫常年驻外,小姨一个人又上班又带孩子,非常辛苦,而姨夫又是个粗枝大叶的人,每次小姨盼天盼地把他盼回来,人家却总是会朋友见同学,很少在家陪老婆。于是两人基本就是不见面的时候盼,见了面就吵。加上一些生活习惯的差异,让小姨总觉得自己嫁错了人。到表弟五岁的时候,她实在不愿意再维持这段拧巴的婚姻，坚决要求离婚。而姨夫也自知对这个家付出太少，体谅小姨的难处苦处，同意了离婚。

姨夫本来就是学法律的，但他自愿将自己名下的房产给了小姨，还主动带她去过了户。他说，你帮我养儿子呢，我不能让你们娘俩没窝趴，你以后别跟儿子说他爹不是东西，我就知足了。小姨那个哭啊。其实他们之间不是没感情，就是命运对他们特别不关照。小姨说，她一想起未来多少年，都要这么一个人苦熬，就特别绝望，还不如快刀斩乱麻，换一种人生，换一个活法。

后来小姨夫在当地娶了个老婆，小姨也小心翼翼地又嫁了人。姨夫那边的情况不得而知，而小姨的第二次选择，应该算不错的。一个很明显的见证是，再婚以后，她迅速地胖了。说实话，新的小姨夫样貌口才都比不上先前那位，但他很体贴周到，对小姨照顾有加——这大概正是她想要的。

小姨再婚时，小姨夫——前小姨夫还给她汇来一笔钱，打在儿子的账户上，说，你们若不计较，就你们花，要是心里别扭，就留给儿子。

因为小姨夫的大气，我们家人也一直把他当成自家人，就算他们离了婚，我们遇到法律问题需要咨询，还是第一个找他问。有了新小姨夫后，我妈好几次提醒我说，你得改口了，得喊他董叔了（他姓董），我愁肠百结地屡次想改，面对他时却总是脱口而出一句"小姨夫"，大概在我心里，他已与亲人无异。

我特别愿意把小姨和小姨夫的离婚模式当成一个范本,告诉那些濒临分手的夫妻,让他们看到,事情还有另一种不太痛苦的解决方案。当然,要做到他们这样,需要两个人都具备一定的胸襟和境界。

其实结婚离婚,本是世相常态,就像一个生意可能有赔有赚一样,一段感情也可能有好有坏。为什么我们做生意,可以做到"买卖不成仁义在""散买卖不散交情",而当一段感情失败,一个婚姻失败,我们就拼命地为难彼此?其实感情失败本身,就是两败俱伤的事,你疼,他更疼,你惨,他更惨。何苦在这个时候,还要落井下石,往彼此心上戳刀子?无非就为了争点钱,争个理,出口气,但是仔细想想,为了这些遭受心灵的重创,背负不义的骂名,再毁了多年的美好记忆,值吗?

不一定打打闹闹,恩断义绝才算离婚,姻缘尽,交情不该尽,交情尽,仁义不该尽。对一个曾经至亲的人,别那么决绝,别留太多伤痛、怨恨、尴尬在自己的生命里——为对方,更为自己。

我们为什么
要相信美好的东西

这世上,悲观的人多。因为我们总觉得,凡事往坏处想,才会对坏事有应对能力,才不会遭遇突如其来的打击。

这当然有道理,但这个悲观,应该建立在客观的基础上。事实上,大部分人是过于悲观了,而正是这悲观,导致了坏结果。

其实一个人能不能过得好,一定程度上取决于他相不相信自己能过好。因为相信是有力量的。你相信自己是什么样,你就很可能活成什么样。

初中时,有年春节我和父母去一个远房姑姑家串门。

姑姑家境不太好。我们一进门,她就讲起了烦心事:姑夫醉酒后骂她,大儿子该订婚了但她家根本付不起彩礼,二儿子初中毕业一直没找到合适的活干，家里穷得年三十儿的饺子都没舍得放肉，打三个鸡蛋凑合了……

我看着姑姑的一脸悲苦，心里特别替她发愁，几乎想掏出压岁钱来给她买肉包饺子。

这份愁，一直印在我脑海里，好多年。

直到去年，我妈忽然告诉我：你那个姑姑的房子拆迁，补偿了三百万，现在她可有钱了。

我莫名就觉得心里一块大石头放下了，欢快地说：太好了，这下姑姑可美了吧？

我妈摇头：也没有。

没多久，姑姑来我家串门。真像我妈说的，她没有一点喜气，脸上还是写着一个大大的"愁"字。

坐下来，她还是诉苦：两个儿子为了钱打架；姑夫把钱借给了不靠谱的人；大儿媳妇平白给了娘家三万块；二儿子投了四十万做生意，也没看到赚回来多少……总之，虽然吃上肉了，但吃得一点也不香。

我听着，又开始替她发愁，只是又隐隐觉得不应该愁。

后来我妈跟我分析，说，其实姑姑家以前也没那么苦，但她好像就那样的心态，就是觉得日子过不好。比如以前她说付不起儿子的订婚彩礼，其实他们最后没给多少，也照样把媳妇娶进门了。说年三十儿的饺子没放肉，其实她买得起，只是舍不得放。当时她家俩儿子都成年赚钱了，日子还是说得过去的。还有这次，她说老公把钱借给不靠谱的人,其实是放的高利贷,借钱的人品行也不错,又拿了房产证抵押,没大问题的。还有二儿子投了四十万的生意,刚开始做,当然不会马上有太大盈利,赚钱的时候还没到呢。姑姑就是太悲观太没信心,总觉得什么事都没好结果。

不是日子真的苦,而是她心里认定了日子就是苦的。不是真的过不好,而是她发自内心地相信不会过好。于是本来不苦的日子,也过得分外愁苦了。

一个朋友说:有些人,有钱没钱都过不上好日子。

可能真是这样。

如果一个人对生活的心理预设就是"苦",对所有事情的预期都是"坏",那么就算日子不苦不坏,她也必然会沉浸在愁苦里。

曾经有个高富帅的男同事,是典型的花花公子,女朋友嗖嗖地换,换得我们眼花缭乱。

有次我问他:这么多姑娘,就没有一个是你特别满意,想跟她长久交往的吗?

他说没有,因为总是相处没多久就发现她们根本不爱我。

我说不是有个高个子姑娘对你很好吗,你都又换好几轮了,人家还给你买礼物,还哭着给你打电话,我觉得她对你是真爱。

他说姐你真逗,这世上哪有真爱啊,她找我就是图我钱,我心里明镜似的。

这个玩世不恭的家伙,到现在还没结婚,我想他是还没有遇到真爱。

可是，一个不相信真爱的人，会遇到真爱吗？恐怕遇到了，也会觉得对方是图他钱、图他帅，于是并不珍惜，也不做长久打算，然后受到轻慢的姑娘受了伤，不得已收回真心，忍痛撤退。

你不相信她爱你，她最后就真的不爱你了。

以前看过关于狼孩的故事：人类的幼儿，被狼掠去抚养，于是就养成了狼的习性，白天睡觉晚上活动，怕水怕火怕光，不吃素食，吃肉也是放在地上用牙齿撕开吃，每到午夜就像狼一样引颈长嚎。

就算后来回到人类中间，狼孩的这些习性也很难改变。因为他骨子里就相信自己是一只狼，就应该像狼一样生活。

虽然他本质上是一个人，但他不相信，自然也就没办法活得像个人。

我想，可能世上很多人也是这样，因为错误的"相信"，而活成了不该成为的样子。

一个能力很强的人，因为相信自己是弱者，就照着弱者的方式生活，最后真的成为弱者。

一个很有才华的人，因为相信自己平凡，才华得不到提升和展露，最后就真的变得庸常。

很多时候都是这样：你相信什么，就会看见什么，就会遇到什么,就会成为什么。

你相信日子过不好,日子就很可能真的过不好。

你相信世间没有真爱,就很可能遇不到真爱。

你相信自己是一匹狼,就很可能活成一匹狼,相信自己是一条狗,就很可能活成一条狗。

世间的很多事,都是"信则有,不信则无"的。

你的相信,未必一定应验,但常常对结果有重大影响。

你相信一株花会开,就会愿意悉心浇水施肥,最后它可能就真的开了。你相信这花不会开,就懒得管它,任其自生自灭,最后它可能就真的开不成。

你相信一份工作有意义,就会尽职尽责,全力以赴,就比较容易获得收益,这工作就真的变得有意义。你相信这工作没意义,就潦草敷衍,三心二意,于是赚不了多少钱,也得不到提升,这工作就真没意义了。

事情的结果通常都不是注定的,都有无数个可能性,关键在于你朝哪个方向走。

而你的认知决定了你的意志,你的意志又决定了你的行为,你的行为就决定了你的生活。

因此,如果你想要得到什么,只要是现实可行的愿望,就应该相信自己能得到。你的信念应该与愿望保持一致,这样才可能心想事成。比如你希望升职,那就要相信自己能升职,这样你才会挖空心思去想办法,坚定不移地去努力,这样升职的可能性就比较大。

而如果你相信自己不会升,那可能就不会付诸行动,或者就算行动,也迟疑不决,走一步退两步,最后这愿望就难以达成。

所谓信心,就是一颗相信的心。它会给人勇气,给人力量,给人耐心。

所以,我们要尽量去相信美好的东西——相信真爱存在,相信生活很精彩,相信他人的善意,相信自己的能力,相信努力有意义,相信事情会变好,相信幸福会来敲门……

这些美好,你越相信,就越接近。

不相干的人，你何必在意

昨天和一个读者微信交流。

她："我男朋友人特别好，跟我特别合，我们也互相很喜欢对方。我真觉得他就是我的Mr.right。但他离过婚，这让我很苦恼。我自己条件挺好的，实在不想让别人说我挑来挑去，最后却找了个离婚的。"

我："他上一段婚姻维持了多久？有孩子吗？为什么离婚？"

"时间不长，就五个多月，也没孩子，离婚是因为他们没感情，他本来不想结，但他妈觉得那个姑娘好，逼他，那时候他妈身体不好，因为他不想结婚，气得脑梗住院，差点过世，他无奈之下答应的。这些情况当时我就听说过，当然那时候我们还不太认识。谈恋爱以后，我去他家，他妈见了我就哭，说自己以前太糊涂了，儿子明明不愿意还那么逼他，结果闹成这样。"

"那这段婚姻也不是太大问题啊，你为啥这么介意？"

"说实话，我内心也不太介意，就是怕别人说三道四。我们这是小地方，我之前谈了个男朋友，都订婚了，但我后来越来越觉得我们个性不合，他太霸道，也自私，我就把彩礼退给他，分手了。他家人到现在还四处说我不知好歹，肯定找不到比他更好的了。现在我要找个离婚的，他们肯定看笑话。"

"你为啥要在乎他们的看法？他们跟你已经没关系了呀。"

"是我前男友啊。"

"但现在已经完全不相干了嘛。你该怎样怎样，当那家人根本不存在。"

"他们肯定会到处说我傻。放着干干净净的男孩子不要，非要找个离婚的。"

"第一，离婚的未必差，得分情况。第二，他们说你傻你就傻啦？我觉得你很聪明，知道自己想要什么。你如果为了不相干者的看法放弃合适的人，才是真的傻。"

类似的咨询常常有：想做一件事，心里知道是对的，却担心受到不明真相的人的嘲讽、贬低，而迟迟下不了决心。

在乎周围人的看法，这是人类的天性，本不算错。但我们要分清该在乎和不该在乎的人。如果盲目在乎所有人的所有看法，就大错特错了。

有些人的看法我们是要在意的。

比如老板。你迟到早退、不思进取、完不成本职工作，会导致老板不满，这种不满会影响到你事业的发展，与你的切身利益直接相关，所以，你得在意。

比如父母。你不务正业、胡吃海喝、沉迷游戏，他们会焦虑失望，而你爱他们，不想让他们为你担心，所以，你得在乎。

我们必须在乎的，是跟我们密切相关、会对我们的生活产生影响的人。

当然，这种在乎，也只是说你应该考虑他们的想法，而不是一定要遵循他们的意志。比如父母觉得你二十八岁之前必须结婚，而你有充足理由认为晚几年也没关系，那你依然可以在做出解释后，自行其是。

还有一些人，我们是完全不应该在意的。

比如前男友及其家人。他们确实曾在你的生活里出现，甚至差点改变你的人生，但现在，他们已经跟你毫不相干，你嫁给谁，过得好不好，都跟他们扯不上，而他们的看法，对你不会产生本质影响。那又何必在乎？

比如来往不多的远房亲戚。他们并不真正了解你，也不会对你的喜怒哀乐感同身受，更不能设身处地为你着想。你既不需要对他们负责，也不会干扰到他们的生活。那又有什么必要在意他们的看法，甚至因此改变自己的行为？

有些人，他们夸赞你还是贬低你，喜欢你还是厌恶你，看得起你还是看不起你，都对你的生活没有影响，所以，他们的态度和看法，你完全不必在意，更不必为此纠结苦恼浪费精力。你的任何决定，只要与他们无关，就不该把他们列入考虑范围。尤其对那些"恨人有笑人无"的人，既不用憋着一股"我要证明给你看"的劲儿，也不必在境况不好时忧虑"他们会怎么看我"，直接无视他们的存在就是最好的处理方式。

因为你的人生不关他事，所以他的看法也不关你事。你的幸福不必让他知道，你的痛苦也无须他来评论。

人的精力和能力都是有限的，既不可能事事做到完美，也不可能让所有人对你满意。如果你非要在乎每个人的看法，那你的人生就会掌控在别人手里，你就会活得很累很烦很拧巴。

很多时候，我们确实高估了他人看法对自己的重要性。

你找个离过婚的男朋友，前男友的家人可能确实会冷笑一声"哼哼，不知好歹啊，眼高手低吧，差点嫁不出去吧。"

但是这又怎样呢？你会因为这一声冷笑就真的不幸福了吗？

当然，如果他们跟身边的亲友这样评论你，可能会导致另一些人也这样看你。但是请你相信，这种负面影响是非常微弱的，完全没有你想象的那么严重。跟你嫁给Mr.Right所获得的幸福相比，它实在微不足道。

叔本华说，"大多数人的头脑里都是些肤浅的思想和渺小的念头"，"只要我们听一听一帮蠢人是如何带着轻蔑的口吻议论最卓越、伟大的人物，我们就不会对他人的看法耿耿于怀了。我们也就会知道，要是太过于看重别人的看法，那就是抬举他们了"。

我们可以不去关心他人有多愚蠢，但必须清楚一点：最了解你的内心，最清楚你的处境，最知道你如何才会幸福的人，只有你自己。所以你最该听从的，是自己的看法。

你要嫁人还是离婚，要工作还是考研，要旅行还是买房，被追求还是被甩掉，求职成功还是遭到解雇，赚了大钱还是亏了血本……这些都是你以及跟你关系密切的几个人的事，其他大部分人，都与此无关。

所以，没必要总是拿"别人会怎么看"这种想法来约束、烦扰自己。当我们做什么决定或者发生了什么变化时，必须第一时间厘清，都有谁与此相关。直接相关者，你要判断自己的行为对他的影响。而对于那些完全不相关的人，你应该轻松地告诉自己：他们爱怎么看怎么看，Who cares?

谢谢那个为弱者顶住的好人

老父膝关节炎犯了,周一我带他去医院检查,老人家行走困难,而我们早上七点出门,快八点都没打到出租。

无奈之下,我们只好一步一挪地蹭到公交车站准备乘公交。早高峰人多,老父腿脚又不灵便,我们挤了三次才终于艰难地上了车。闷罐一样的车里,我俩被牢牢挤在门口动弹不得。老父不能长时间站立,才过了一站地,就已大汗淋漓。我很急,想着再停了就下车,无论如何先找地方让他坐会儿。

不想,快到第二站时,我身边的一个中年男人忽然惊慌地喊起来,说他钱包不见了。售票员确认了半天,得知确实是在车上丢的,而且大家脚底下都没有,便让他报警,又招呼司机停车。

车停了。男人掏出手机报警。然后我们就被告知,都不能下车,等警察来处理。

这下炸了锅,全车人都急了,七嘴八舌地说,上班要迟到了,赶不上火车了,好多急事等着办呢……我更急,眼看老父满头大汗要撑不住了。

我们纷纷要求先下车,但售票员态度坚决,说她既无权搜身,也无权开车门,只能请大家等。然后一边安抚大家,一边号召附近的年轻人给老父让个座。旁边一个小伙子站了起来,老父费尽力气挤过去,总算坐下。

我长舒一口气,道谢后不再说话——就算说也不会有人听见,因为几十个人都在说,指责中年男人不照看好自己的东西,耽误了大家时间,他一个人连累了一车人。那男人是个老实巴交的外乡人,穿一件破旧褪色的黄背心,皮肤粗糙黢黑,一看就是做体力活的。他被困在风暴中心,面红耳赤结结巴巴地用不太好懂的西北话跟大家解释,说昨天刚发的工资,三千多块钱不是小数,都怪自己不小心,对不起大家了。

但急火攻心的乘客们根本听不进他的解释,指责抱怨声不绝于耳。

等了快十分钟还不见警察来,有人开始踹车门,有人说要跳窗户出去,有人威胁说耽误了事要让丢钱包的赔损失。

这时售票员大姐说话了,她说大家体谅一下,设身处地想想,要是你辛辛苦苦干一个月活,工资全丢了会是什么心情,人都不容易，谁都有倒霉为难的时候。

一个姑娘大嗓门地说，他倒霉是他的事，凭什么连累我们也跟着倒霉啊。

售票员大姐说，今儿咱赶一车上了，咱就该帮他分担，人得有这点德行，不能光考虑自己，今儿你替别人想，明儿就有人替你想，说句难听的，要是你下了车就摔那起不来了，谁都不愿意耽误自己时间拉你一把，帮你喊个救护车，你什么心情？

被这么一说，乘客们安静了许多，大声指责渐渐变成了小声抱怨。

很快，警察到了，趴在窗口跟丢钱包的男人交流，商量怎么处理。说了好一会儿都没结果，人们又开始躁动，要求下车。

售票员不愧经验丰富，一边安抚，一边号召大家再看看自己周围，再找找那个钱包。结果话音刚落，一个小姑娘就在车座底下发现了那钱包。小姑娘单纯，举着钱包惊讶地说，是这个吗？哎呀刚才我明明看了那里，根本没有啊。

中年男人一看，激动得话都说不清了，一个劲儿地点头说，是我的就是我的。打开一看，钱一分没少，都在。

事情圆满解决，中年男人完全没心思揪出小偷，警察走了，车继续开。

我和老父在医院门口下了车。他问我，刚才的事你怎么看？我说早上都忙着赶时间，大家急躁可以理解，但大多数人都只想着自己，也确实让人心寒，要不是售票员坚持原则，又帮那个丢钱包的说话，这钱包恐怕就找不回来了。

老父说，所以关键时候，就需要有人站在公义这边，尤其是有决策权的人，他心里要有公道，别人再非议，也要坚持顶住，不让那些无辜弱势的人受伤害。

我忽然想起，王蒙以前说过，民意有时候未必公正，比如要是整个楼的人投票，把某家的电视拿搬走充公给大家看，那么可能除了那家人，全楼的人都同意，但这显然不公平。所以这种时候，就得有说得算的人站出来主持公道。

这个人太重要了。

在这个个体越来越独立的社会，人心正越来越趋向自我，除了王小波讲过的"沉默的大多数"，我们还常常不期然遇到自私的大多数，暴戾的大多数，无知的大多数，麻木的大多数……

我们常常是那大多数中的一员。但肯定会有某个时候，我们是那个丢钱包的、扶老太太被讹的、遭遇突如其来困境的，我们身处风暴中心，因为莫须有的罪名被千夫所指，冤枉，委屈，艰难，无助。

也一定会有某个时候，我们是那个有决策权的，有机会为那个百口莫辩的人说话，也有能力拉他一把。

如果我们希望自己身处弱势时有人站出来主持公道，那么当我们有决策权的时候，就必须为弱者坚持原则。

聂树斌案，呼格案，如果没有那几个关键的警察和记者坚持正义，就没有最后翻案的可能。

沉默很容易，顺水推舟也容易，无论青红皂白去抓住自己的利益也容易，只是世界会因此坏下去。

站出来为不相干的人说话需要良知，顶着压力、牺牲着个人利益去帮弱者讨公道，需要勇气。而这良知、勇气越充沛，世界就越好。

好起来的世界，人人会得利。坏下去的世界，无人能自保。

谢谢那些为弱者顶住的好人。

有一种幸福，
叫身边没有讨厌的人

我还是年轻小白时，采访过一位老教授。

当时他论文刚获奖，神清气爽。

我就问他"对现在的生活满意吗？"他想了想，说"挺好的，身边没有讨厌的人。"

这答案把我整蒙了。其实我预想的回答是：挺好的，干着喜欢的事业，又小有成绩，衣食无忧，妻贤子孝……

这不才是一个人对生活满意的根本吗？

我觉得老教授没有认真对待我的问题。他在敷衍我。

这个误会保持了N年。

直到我年纪渐长，了解了点生活，才终于体悟到老教授的高明。

"身边没有讨厌的人"，这件事的重要性真是远超我们想象，而没点阅历的人，还真get不到。

听过一个故事。

某事业单位，有A、B两个领导，两人从开始共事起，就各种合不来，二十年来一路明争暗斗，你告我的状，我拆你的台，你给我挖坑，我给你设局，你在会上有意无意挤兑我，我在酒桌上含沙射影贬损你，谁都憋着劲儿不想让对方好过。

A要做什么事，最先想到的就是B会不会作乱。B要有什么动作，第一个要琢磨的肯定是怎么化解A的刁难。

人生最金贵的二十年，两人就在这撕扯角力中度过了。揪着心、耗着神，恼恨丛生，不得安生。

现在A快退休了，有次酒后跟司机感慨：自从跟B共事，这二十年，就没一天顺心过。

只因身边有个讨厌的人，本来风光无限的人生，风生水起的事业，就这样被空耗了。

说多了都是泪吧。

大学时，我隔壁宿舍有个女生，骄横任性，有点不顺心就发脾气摆臭脸，她可以在宿舍肆意呼号，而别人打个电话都被她当成冒犯。

她下铺的女生S起初跟她吵过几次，但段位太低，根本吵不过，后来就只能忍着躲着，整天在外面晃，万不得已回宿舍，进门时都是一副英勇就义的表情。

S有次跟我说：一看到那个身影，心里就一紧，就一句话都不想说，什么好心情都没了。哪天要是那人不在，她像过年一样开心。

她数次找辅导员调宿舍，都不成。后来又想换专业，更不成。于是她就只能盼着毕业，盼着一辈子也别再见到那张脸。

到毕业离校那天，我帮她搬行李下楼，她跟我说的最后一句话就是：出狱了。

类似的情况还挺多的。

跟婆婆住一起，又相处不好，每天一回家就如芒在背，半分钟都不愿在客厅待，只想躲在卧室求清净，去个卫生间都要听外面的动静，感觉没人才愿意去，好像家都不是自己的。

身边有个自私又强势的同事，当面对你指手画脚，背后对你说三道四，还总想占你便宜，什么好事都是TA的，什么麻烦都甩给你。

隔壁住着不通人情的邻居，三更半夜音乐开得震天响，楼道里全是他家东西，垃圾随手就丢到你家门口，你好言提醒，TA却觉得你找茬，不但不改，还变本加厉。

……

人是群居动物，每个人一生中都会遇到很多人。而与什么人为伴，常常也由不得我们选择。

那么一旦身边有这么一个或几个让你讨厌的人，整天在你的生活里横冲直撞惹是生非，你摆脱不掉又接纳不了，生活质量肯定要大打折扣。

平静的心态，是幸福感生长的土壤，而如果你被身边人烦扰着、侵犯着，内心不得安宁，还能有什么幸福可言？

大家都不是圣贤，一句"别理ＴＡ"说起来容易，做起来又谈何容易。"与人斗，其乐无穷"那是伟人的感受，我们凡世俗子，多半只会觉得"与人斗，不胜其烦"。

人的烦恼，大概有一半都是起因"人"而起。

人烦人，最烦人。

如果没有人际交往的困扰负累，生活必然要轻快顺畅得多。

人生就像旅行，跟谁同行，往往比去哪里更重要。

如果身边是个讨厌的人，那么再美的风景、再有趣的行程，也总是难以尽兴。

而若是跟喜欢的人在一起，就算去楼下公园散个步，都会心旷神怡。

当然，你可以努力去打造一个和美的人际环境，以宽容心，以大智慧，以闪转腾挪的本事，尽量让自己远离人事困扰。而到底能不能如愿，还得看运气。

身边没有讨厌的人，的确是件幸福的事。只是这种幸福，就像健康和自由，虽至关重要，却不易察觉，往往都被我们忽略了。

如果你碰巧拥有，那真该好好珍惜这福气。

活得漂亮，
既要身段更要手腕

Chapter 5

在岁月中失去青春美貌并不悲剧，而付出如此昂贵的学费，却没有学得更狡猾，才是最大的危险和不幸。

○ 让她害怕失去

    她是不是一个好女人？如果问这个问题，她身边的人会100%地回答：不是。

    没错，她任性妄为，水性杨花。不了解的人，看她每天陪伴不同男人，打着情，骂着俏，便断定她是骚货，不与为伍。了解她的人——尤其是那些曾与她厮混过的男人，更是深知她的性情，认定她骨子里的淫荡。

    后来，公司里来了一个新人，就在她的部门。新人是优秀的男子。他一来，同事们就窃窃私语：肯定逃不过她的魔掌了，嘿嘿，哈哈。

    果然，没出两个月，她和他便公然出双入对了。看着他们欣欣然幸福甜蜜的样子，人们就开始议论了。他们能在一起多久呢？

    超不过半年。有人说。

半年？不出三个月！另一个人说。

人们甚至为了他们能在一起多久而打起赌来。当然，赌最长的，也只有半年。

众人都毫无悬念地等着他们上演分手大戏。可是等来等去，半年过去了，他们却更亲密了。

这半年里，有好心的人提醒他：那是个水性杨花的女人，你最好要有防备啊。他笑笑说，看起来不像啊。

众人细看，发现她竟真的与以往不一样了。脸上的妆粉淡了，尖尖的高跟鞋换成了平跟，夏天也再不穿低胸露脐的吊带。

更不一样的是，再有男人与她暧昧调笑，她会很严肃地拒绝和躲避，仿佛自己本来就是干净正派的女人。

一年过去了，她俨然已是良家女子。他们欢欢喜喜要结婚了。

结婚的时候，闺密偷偷问她：怎么这么本分了，不朝三暮四啦？

她笑：你们都误会了，我本就是本分的女人。

那么，为何当年身边有数不清的男人？

她淡淡说，那么多男人，没有一个能进到她心里。因为没有付出真心，所以随性而为。而当他出现，她认真起来，害怕失去，所以不敢再欺骗，更不会再胡来。

男人们是不是应该反思，当你的女人左顾右盼红杏出墙，也许是因为你对她没有足够的吸引。先不要急着责怪她的品行不端，要试着提升自己，让她害怕失去你，也许才是感情问题的治本之道。

你看男人多单纯

在微博泛滥的当下,日记实在是件既old又out的事,承认自己是日记控需要相当的勇气和自信。不瞒您说,我是。因为微博再好,也远没有日记里的人性写实。

现代人写日记的少了,所以想要透过日记去窥探人的性情,一般得倒回几十年。二十世纪前半段,有两个男人的日记比较有趣,一是蒋介石,一是郁达夫。

蒋中正常在日记里自爆隐私,"今晚出去探花"是常句,不过每次探花回来,他都深表后悔,发誓不再去,可是,第二天的日记里还是免不了"探花"内容,完了还是后悔,有一次他写:"香港乃花花世界,余能否经受考验,就看今天!"结果,当晚他还是去了妓院,并在日记里写"我的毛病就是好色也!"坦率得令人禁不住嘴角上扬。

郁达夫就更好玩儿。有次他北京的老婆给他寄来一件皮大衣，他在日记里写，我的奴隶很可怜，我收到她的皮大衣，真是感动，我想回去跟她抱头痛哭一场。可是第二天他遇到了王映霞，又在日记里写道"遇见了杭州的王映霞女士，我的心又被她搅乱了……月明风暖，我真想煞了霞君。"后来一次他在轮船上见到一个"年约十八九的中西杂种的少女"，深觉其美，居然在日记里用近三百字来细细地刻画她的外貌、衣着、姿态，还有她那肉体蒸发出来的"香味"。最后禁不住在心中暗暗地想："我头上那一块板，就是她曾经立过的地方。啊啊，要是她能爱我，就叫我用无论什么方法去使她快乐，我也愿意的。啊啊，所罗门当日的荣华，比起纯洁的少女的爱情，只值得什么？"还有一次写："到午前的两点，二人都喝醉了，就上马路去打野鸡。无奈那些雏鸡老鸭，都见了我们而逃……终于在法租界大路上遇到一个中年的淫卖，就上她那里去到天明。"

若不是他们的日记，你很难想象这些头顶光环的男人背地里是这副模样。他们心里的情欲，都是多么简单和直接，而且无论经历多少风浪，他们身上都藏着一个蛋疼的少年。

不只是这两位，如果你看过很多男人的日记，就会发自内心地相信男人其实都特别单纯——至少是在感情方面。这一点上，阅男无数的苍井空老师亦有同感，她说：见过很多类型的男人后，最终觉得男人最大的特点就是单纯，即便年纪大了也还是像小孩子一样。如果一个男的总是让女友感到他的成熟，那么，我想，这个女人可能没能走进他的内心。

苍老师说得很对。如果男人真的向你袒露一切心声，你一定会觉得天呐，他想法也太简单了吧。只不过，这世界上真的能让男人心甘情愿无所顾忌地去倾吐内心的女人也并不多，所以多数时候，男人懒得多说，任由女人用自己复杂的思想去推测他们简单的感情，任由她们在盲目狂想中得出复杂而错误的结论，然后双方烦恼丛生。

著名的香奈儿女士说，当你知道了男人都是小孩子，你就知道了人生所有的事情。我想，起码在感情方面，男人真是像小孩子一样单纯，他们远远没有女人那样缜密的心机。如果你能把男人想象得单纯一点，不，是如果你能相信男人其实都单纯得紧，那么很多困惑都将立即释然了。

请你揍我

我的同事大崔，人高马大，小时候练过散打，虽然做美编多年，但仍脱不掉身上的匪气，我们在办公室里闲扯，但凡涉及不平不爽不忿之人之事，他的解决办法永远是：揍他。有一次我对他说，咱是文化人儿，别这么简单粗暴，解决问题要教育为主，暴力为辅。他说你不知道，有些人就是欠揍，你给他讲道理没用，必须揍他他才能想明白。

开始我还不相信，后来通过越来越多的窝心事，慢慢发现，有些人还真就是非暴力不合作。

比如药家鑫，读了这么多年书他什么道理不懂，撞了人应该向人家道歉，而不是拿刀把人捅死，这话还用警察叔叔告诉他吗？冲动妄为的结果是没人想跟他讲道理了，现在全社会都憋着劲儿要他死，多狠心，多粗暴，但是对于这种恶行，难道还有暴力以外的解决办法吗？还有药家鑫的同学李颖，公然放话说"我要是他，我TMD也捅"，谁让"受害人当时不要脸来着，记车号？"这姑娘也够狠，不过希望你不要被受害人家属碰上，否则肯定大嘴巴抽你，而且抽得合情合理，不抽不足矣平民愤。

还有那个在机场拿刀捅他妈的日本留学生（怎么那么多大学生爱拿刀捅人啊），他妈到处跟亲戚借钱供他去日本上学，他还嫌给他的钱少，愤而捅了他妈。这种倒霉孩子你说是不是得揍他？

当然，还有那些毒奶粉、瘦肉精、染色馒头等等事件中牵涉的商人，过去我们说最毒妇人心，其实错了，最毒的是商人，所谓人为财死，利益最能彰显人性之恶。而这种恶，不是基于无知、愚昧、冲动这样情有可原的理由，而是在完全了解的情况下，知恶作恶，那么处理这些人，就必须坚决果断毫不留情，惩罚为主，教育为辅。

没错，我们的社会是越来越文明了，但是人类在向文明进化的过程中，还存在太多缺失，教育的缺失，道德的缺失，人性的缺失，这些缺失导致很多人不知好歹，见利忘义，肆意妄为，当这些品性以恶劣的方式表现出来，你会觉得有些人脸上明晃晃地写着"请你揍我"四个大字，那么在这种时候，解决问题的唯一办法就是揍他。这个揍，说的是给他强制性的惩罚，比如绳之以法，甚至处以极刑。

社会越发展，两极化就越严重，诚如您所看到的，这世界上好人很多，但欠揍的也不少。我们大多数小市民，没有三头六臂，不能呼风唤雨，所以常常怀着潘长江那样的愤懑——我真想揍他，就怕揍不过他。这就要求社会有一个完善的惩罚机制，让恶人得到恶报。用我姥姥的话说，该揍就得揍。小恶小揍，大恶胖揍。尽管我们提倡宽容，渴望和谐，但是所谓赏罚分明，在一定程度上秩序来自于惩罚，因为社会真的还没有文明到我们想象和需要的程度。

而另一方面，我们每个人都应该每日三省自身，把照镜子臭美的时间拿出一些来，用在自我的道德审美上，好好审视自己身上，有没有标注"请你揍我"字样。若有，赶紧除掉。自我除垢，总好过被人胖揍。

瞎说啥大实话

给小妹牵了个红线,男方是我同学的弟弟。小伙子很帅,名牌大学硕士,健康阳光爱运动。见了两次,小妹很喜欢。

可惜也只见了那么两次。之后小妹再试探着约见,他就推脱了。

小妹不甘心,在微信上问他:你是不是不喜欢我呀?

他回了个"嗯"。

小妹忍着心痛,追问了一句:是不是我哪里不好呀?

他说:你太胖了,我接受不了。

小妹顿时心如死灰,难过得一夜没睡。第二天把他们聊天的截图发给我,说,姐,我受刺激了,感觉不会再爱了。后面跟着一排大哭的表情。

我心疼又生气,立刻给同学打电话。因为很熟,所以直接朝他开火：你弟弟怎么这么说话呀，不喜欢也该委婉点拒绝嘛，怎么能硬生生说人家胖，还"太胖了"，多伤人！

同学立刻道歉：对不起啊，回去我批评教育他，这孩子从小就太诚实，这毛病始终改不了！

"诚实这个毛病"，这话有点好笑。但仔细想想，在特定的情况下，这话也没错。有时候实话的确不能实说，比如小妹确实有点胖，但直接说出来，还是不太合适。

这段时间，一个同事在跟她儿子的老师闹别扭。起因是老师每天都要给她儿子多布置些作业，她打电话问老师原因，老师当时可能忙昏头了，没工夫含蓄，就直截了当跟她说"你家孩子挺笨，让他多练练巩固一下知识。"然后就把电话挂了。

同事气啊。又拨回去，说你怎么这么不尊重家长呢，我话还没说完你就挂电话。

老师说，我这带着几十个孩子组织活动呢，没时间细说。

同事转头就找校长去了，说这老师素质不行不懂尊重没有耐心等等。

其实我知道，她真正介意的，就是老师那句"你家孩子挺笨"。没有一个妈妈愿意听别人说自家孩子笨，尽管她自己内心可能也承认老师没说错，但很多事情就是这样：你说得对，但我不能接受。

有次跟一个朋友聊天，说起他老爸，老人家肺癌去世快十年了，但他始终有个心结：最后没能带老爸出去玩玩。

其实在查出肺癌时，他就准备带老爸去海南待两周，假都请好了，老爸也愿意去。可是临行前在敲定化疗方案时，老爸问了护士一句"会遭罪吧？"，护士也是心直，说"会啊，癌症就是遭不完的罪。"

这句话让老人很受打击，完全没心思出去玩，也不愿意配合治疗了，一点抗癌的信心都没了。

"我恨那个护士一辈子。"朋友说。

虽然诚实是个好品质，但诚实过头，还是有问题。

设想一下，如果所有人都绝对诚实，那我们的一部分日常可能是这样的：

"我的新发型怎么样？""你这么大一张脸，还弄个蘑菇头，真是丑炸了。"（请注意，不是调侃戏谑的语气，而是认认真真描述事实，就像说"下午三点开会"那么认真。以下也是。）

"晚上有空吗？一起吃饭吧。""有空，但是不想去，我太烦你了，你以后也别喊我了，咱俩能绝交是最好的。"

"我妈特别好。""对你是特别好，对别人可坏了，咱们邻居个个都讨厌你妈。"

"我以后得嫁个有钱的。""别做梦了，你这么丑，能嫁出去就不错了。"

"老公你为啥娶了我呢？""因为比你好的都不愿意嫁给我。""那你还惦记以前没追上那个女的吗？""当然惦记啊，一直琢磨着怎么找到她的联系方式呢。"

……

要是人都诚实成这样，这世界还会好吗？

我们从小就被教育"要做个诚实的孩子"，但是到最后，大部分人都学会了虚伪。

那是因为，一点点适度的虚伪是有必要的。

现实往往都残酷，赤裸裸摆在面前的话，没几个人能招架得住。所以有时我们需要一点掩饰和伪装，来让世界看起来美好点。

我们都喜欢会说话的人，称赞"说话让人舒服"的人情商高。其实那些让人舒服的话，肯定不全是实话。

而那些我们认为不会说话、情商低的人，往往都是不懂顾及别人感受，想什么就说什么。他们倒是诚实不虚伪，但也真是不招人喜欢。

"你太胖了，我接受不了""你家孩子太笨""你活着就剩遭罪了"，这些话可能都对，但是这么直接说出来就不太对。

因为很多实话都是刺耳又伤人的，杀伤力很大，非常不适合一五一十照直了说。

有些人说话难听，总是无意中给别人造成内伤，自己却并不觉得有问题，意识到不良后果，也会说"本来就是事实啊""我没有恶意""我就是太直"。

直爽不是错,但直爽到伤人,就是错。可能你也确实没恶意,不是故意要伤害讽刺打击别人,但纵是善意,也应该同时伴有体贴,若非万不得已,就不该给别人带来不适,甚至惹恼激怒别人,继而被人反感、反击,让自己身处逆境。

也许你还觉得委屈,心里想着"我又没说错"。是的亲爱的,你没说错,可是你做错了。我们跟人交往,不管对方是玻璃心还是铁石心,你都没有理由平白无故去冒犯。

顾及别人的感受,是一个文明人的基本教养。

善意和体贴,有时候比诚实更重要。

为什么要追杀男朋友的前女友

Lisa小姐昨天深夜给我发微信,说出大事儿了——

她趁男友睡着了,偷偷拿他手机看他前女友的朋友圈,刷啊刷啊刷,结果刷到2014年初的时候,手一抖点了个赞!

惊出一身冷汗后,她慌慌张张取消了这个赞。

可是,取消了也会留下记录的吧?她问我。

我也不知道啊。只能试验下。于是我随便赞了一条她的朋友圈,又取消。

半分钟后她哭着告诉我:还真有记录啊……

接着她就崩溃了:那女人明早就会发现前男友给她点赞了啊!凌晨一点在几年前的朋友圈点赞意味着什么啊!她本来就对他旧情难忘纠缠不休啊!我真是蠢得前无古人后无来者啊!

我说亲爱的你的问题不是蠢，而是贱。好端端的你刷人家朋友圈干啥。

然后Lisa就说了句至理名言：女人在爱情里，有不犯贱的吗？

我竟无言以对。

其实我还见过更贱的，是我闺蜜。

有次我俩逛街，路过一个小学时，她幽幽地告诉我：你知道吗，大C（她男友）第二任女友的妈就是这个小学毕业的。

我登时被惊到了。

但是还没完。又逛了一会儿，她指着一个商务楼说，大C初恋女友的姑姑就在这儿上班，那姑姑还见过他，送了他一套书，我前几天想把那套书扔了，大C不让，我俩还大吵了一架。

我说没必要扔啊。

她说碍眼呐，我一看见就想起他女友来，就特别难受。他们现在还留着对方的联系方式呢，谁知道会不会旧情复燃。

我说没影儿的事，别自寻烦恼。

她说哎呀你说的跟大C一模一样。其实我也觉得自己有点没事儿儿找事儿，可是忍不住啊，一有时间就想调查他的情史，我现在出门，脑子里地图是这样的——他前女友家、他前女友现男友单位、他跟前女友认识的地方、他们一起吃过小龙虾的地方……然后我一出门心情就不好，那几个女人总在我眼前晃啊晃……我都生我自己的气，干吗要知道这么多！

发疯犯贱，也许是陷入爱情的女人都会出现的一种症状，程度有轻有重，花样层出不穷，其中之一便是：跟男朋友的前女友过不去。

一般也无须什么铁证，只要稍微感觉有点不对头，女人就可能FBI附体，抓住一点蛛丝马迹便挖地三尺翻腾得不亦乐乎。

在这件事上，女人的智商要甩平时的自己十八个街区。

一个连楼下邻居电话都搞不到的女人，也许能凭着一个名字和毕业院校查到另一个女人的身高体重、身份证号码、换了几份工作、中午吃了什么外卖。

没有人知道她是怎么做到的，也没有人知道她付出了多少辛苦又获得了多大满足。

这种一个人的狂欢，通俗点说叫吃醋，文艺点说是为爱痴狂，而其真正的心理根源，其实叫作——性嫉妒。

道理其实很好懂：和一个人相爱，通常就意味着你要给他生孩子，而如果这厮三心二意，把有限的时间精力分给别人，那就意味着你在虚弱的孕产期得不到有力的保护和照顾，孩子活下来的几率也大大降低，所以，基因延续至今的胜利者，都拥有强烈的性嫉妒本能，会不由自主地对男人的背叛保持高度警惕。能容忍男人花心的女人，基本都因为过于大度而绝种了。

当然反过来，对男人来说，女人的背叛更是绝种的打击，因为父子关系往往无法完全确认，如果男人一直稀里糊涂地抚养别人的孩子，他的基因也不可能传到今天。

所以，及时察觉和阻止配偶背叛，是人的本能，抓小三的故事其实从石器时代就在上演了。

男女的差异在于，男人更在乎女人的身体背叛，而女人更在乎男人的感情背叛。因为只要女人身体不背叛，男人就能保证孩子是自己的。只要男人感情不背叛，就还会全力照顾幼子。

问题在于，身体背叛是明枪，相对好躲，感情背叛是暗箭，非常难防。

所以女人通常对潜在威胁比男人更敏感。

于是她们就疯狂地去调查让男朋友念念不忘的前女友了。

当然，女同事、女同学、女客户、女邻居、女上司、女下属……也经常被圈定在潜在情敌黑名单，要接受隐秘的狂欢式调查。

不得不说，很多时候，女人其实反应过度了。

每个人的情况不一样。有的男人确实滥情，应该严防死守。但并非所有男人都如此。大部分男人，其实还是比较理性克制的，纵使对别的女人有所蠢动，也能把握合理的分寸，不会做太过火的事。

曾有个男生告诉我：自从谈恋爱，他就变成了一个嫌疑犯，女友每天都监视他的聊天、通话记录，稍有不对劲儿就没完没了地审、闹。办公室有个美女同事，都快结婚了，被列为重点监控对象，其实他们根本没说过几句话，但只要他加班，女友就会觉得他是在跟美女同事干什么，回家就闹。有次单位集体出去玩，拍合影时那女同事碰巧站在他旁边，结果被女友当作关系不寻常的铁证，跟他吵了好几天。有时他看见那个女同事就会想"你知道昨晚我们为了你吵得一宿没睡吗？"

我说，她那晚可能也为另一个不相干的女人跟他男友吵得一夜没睡呢。

他苦笑："这事儿说起来好笑，但其实感觉特别不好。我现在真的一丝一毫问题都没有，但女朋友就是不信，太愁人了。"

我非常理解他。当然，更理解他女朋友。

她不信，是因为没有安全感。在恋爱之初，女人通常对男人了解不多，她不知道自己的爱情有没有受到威胁，所以要通过一切可能的方式获取信息、排查敌情、取得证据，从而确认自己处境安全。

这种状况一般不会持续很久。如果男人能在关键时期表现良好，给女人反馈足够的安全信号，她们多数都会慢慢解除警报，踏实下来，不哭不闹好好睡觉。

这事儿很考验男人的耐心。很多男人就是在受够了监控、审查、冤枉、栽赃之后，断定"这女人心里有病""这日子不会好了"，灰心绝望之下，撤了。

所以聪明的女人应该知道，再好的感情也经不起太大折腾，对男人的花花肠子应该保持警惕，但必须适度，在没啥危险信号的情况下，不必草木皆兵。

而聪明的男人更该知道，爱一个女人，不但要专心，还要努力让她相信你的专心。不要无知地刺激她脆弱的神经,更不能做破坏信任的蠢事。要主动去消解她的疑虑,让她发自内心地相信你们的感情固若金汤,千军难破。

这样她保证就不折腾了。

你何必那么处心积虑

她是极偶然地发现老公的私情的：有天去他的办公室，正巧他去开会了。她好奇地翻看他的东西，于是发现，他居然有另一部手机，放在办公桌最下面的抽屉里，里面所有的来电去电，都是一个号码。

任何一个正常的女人，都会马上意识到这是怎么回事。

很短的几分钟里，她先是懵了，然后是愤怒，接着就是寻找真相。

他开会还没有回来，她已经开始行动。她用手机拨打了那个号码，然后不说话，听那头一个女人温柔的声音，什么事啊，怎么不说话？

她忍了又忍，把挤在喉咙口的咒骂咽了下去。她还什么都不知道，不能这么快就暴露了自己。

他开会回来了。她阴沉着脸，却不向他求证那个秘密电话。那颗炸弹，还没有到引爆的时候。

女人的脸总是多变，他没怎么在意。而她却开始了疯狂地侦察。

她找到街头卖窃听器的小摊，买了一个可以放在手机里的窃听器，想办法放在了他的秘密手机里。这样，她就随时可以监控他的电话了。

他们电话里那些温柔亲昵，她字字听在耳里。天知道这些情话对她是怎样的打击，她几乎气疯了，但依然忍着，日日地听，一点点地掌握了越来越多底细和证据。

忍无可忍，终于崩盘那一刻，她想让男人自己来承认。于是开了个头，让他自己说下去。可是他百般狡辩，周旋着，撒着谎，怎么也不肯承认自己在外面有了个女人。

她爆发了，大叫：还撒谎！前天在酒店开房是怎么回事？上周真的是出差上海吗？上午不是还说我哪点都不如那个贱人吗？不是说跟她在一起每分钟都美妙吗？不是说跟我完全没感情，一想起还要这么过几十年就要疯了吗……

她把自己手握的利器呼啦啦全部亮出来，一个一个，都是置他于死地的大招。

狡辩去吧，看这回怎么解释。

他张口结舌，完全没料到她已经知道了这么多。

只有坦白这一条路了。他一五一十地告诉她所有的事情，再无隐瞒。

他认了。她反而更痛苦。每一段细节，都是一把利刃，时刻割着她的心。

日子还过着，气氛却完全变了样，无休止的冷战，随时爆发的争吵，如影随形的悲伤……

其实两个人都不想离婚的。可这样在一起，她满心是伤，他活得更累。他很后悔当初跟那个女人说了那些话，其实很多都是为了讨好对方随口一说，心里未见得就那么认为。但她怎么肯信？

几个月地狱般的折磨后，两人终于都熬不下去，草草分了财产，去领了离婚证。

从民政局出来，她满脸泪水：我以为可以和你到老的，没想到，走到今天。当初，你何必那么处心积虑地骗我……

他一脸无奈：其实我也很怕这个结果，所以才竭尽全力瞒着你。如果不是你知道得太多，我想我们能走下去。我知道错在我，可是你又何必那么处心积虑，让自己知道那么多，让我们都没了退路。

她有些愣。当初费尽心思地收集他背叛的证据，只是为了让他老实承认，以后乖乖地，不再犯错，却没想到，那些证据，不只制服了他，也让自己受尽折磨，无法再回到从前。

就这样,两个最熟悉的陌生人不甘心地转过身去,各自养伤,寻找下一个爱人。

一年之后,他们还各自单身,偶尔联络,她知道他过得并不如意。

女人总是容易冲动,她盲目地说:要不,还在一起吧。

他沉吟许久,说:我是可以,可是你真的能放下吗?我是吵怕了。

她无言。回想起他当初的背叛,仍是怒火攻心。能原谅吗?不能。

她长长叹息。终于明白,当初,何必那么处心积虑呢?知道那些过错和细节,证明他错了,又有多少好处?如果在发现他背叛时,做一个直来直去的傻瓜,现在他们也许还是挺好的一对,就算有伤疤,也是可以愈合的。

婚姻里面,有时候傻点,糊涂点,粗枝大叶点,不是坏事。

穷不可怕，
不懂是非才可怕

同事王姐是个真诚善良的好姐姐。她有一个远房表哥。这位表哥，说来话长。

王姐过去跟他也不熟，二十岁前见面不超过十次。是到了王姐大学毕业，留在城里工作，而表哥碰巧也在同一城市开包子铺，两人才有了联络。

表哥两口子属于特别能吃苦特别能战斗的类型，每天起早贪黑卖包子，终于攒了点钱，贷款买了套五十平的房，准备把农村的儿子接过来读书。但是他们证件不齐，对口小学不收。

表哥表嫂去找王姐，诉了一晚上苦，说你比我们强这么多，就托托关系，帮侄子找个学校吧。

王姐自然无法拒绝，四处求人，花了几千块钱，总算搞定了。

表哥表嫂一再表示感激，但钱的事儿，只字没提。王姐也没怎么在乎，反正是自家亲戚，又这么不容易，就当作慈善了吧。

没多久，表哥又找来了，说包子用了低价肉，结果好些顾客吃得拉肚子，有个老太太还住院了，现在都找他赔钱，他拿不出钱，不知如何是好。

王姐又是一通折腾，报警，找肉铺，找律师，忙活半个月，终于把事解决了。肉铺赔了两千块，表哥拿去付了老太太的医药费。而八百块的律师费，就王姐自掏腰包了。

出了这事儿，表哥表嫂不愿再卖包子，三天两头往王姐家跑，诉苦，请她帮忙找个别的工作。

王姐问了一圈，正好有个做建材生意的朋友缺人，遂推荐表哥两口子去跟着干。也是辛苦活儿，但收入要比卖包子高得多。表哥表嫂很满意，高高兴兴去了。不想干了一年多，王姐的朋友欠债跑路了，表哥表嫂一万多的工资没了着落。

于是一年没联系的表哥表嫂又去找王姐，说你看怎么办呢，这老板也是你给找的，一万多对你无所谓，对我们可是天大的数，我们卖苦力赚血汗钱，天天四点就起来装货，一直干到晚上八点，睡觉都顾不上脱衣服……

话里有话的意思就是，你推荐的人靠不住，你得负责。

王姐这时候心里就有点不爽了，说那人以前都很好，谁想到他说跑就跑了呢，再说一万多对我也不是小数。

表哥说，你赚钱容易啊，坐办公室里，风不吹日不晒，交往的也都是有本事的人……

王姐说得了，我牵的线，我有责任，那我出了这份钱吧，他欠你们多少？

表嫂立刻报出数字，一万三千多，具体到个位数。

隔几天，王姐如数把钱打到表哥卡上，表哥随后打电话来说，让你破费了，我俩现在又没营生了，你看还能再帮着找个活儿不？

王姐斩钉截铁地说：不能。并在心里发狠，再也不会管他们的事。

但是管不管，她说的也不算。

没过半年，表哥又上门来，说这回出大事儿了，他儿子在学校跟同学打架，把人家打骨折了，孩子家长不依不饶，说让他们对孩子下半辈子负责。

你说这可怎么办呢，表哥说，我和你嫂子也没钱，要不医药费你先给垫上吧，这学校当时也是你给找的……

王姐那个气啊，说我劳民伤财帮了忙，啥也不图，还落一身责任啊？照你的想法，是不是我帮着孩子找了学校，将来他上不了好大学找不着好工作都得我担着？那歹徒杀了人，是不是还得给接生他的大夫治个罪？

不是，表哥说，我的意思是你有本事，赚钱也容易，你看我们没白没黑地干苦力……

王姐说，哥，我比你过得好点，不等于我欠你的，咱没钱可以，但不能不懂是非。

那天王姐给了表哥两千块钱，话说得挺重：我能力也有限，以后你有啥事，就别找我了。

表哥沉着脸拿钱走了。但转天又给王姐打电话：那家人说这事儿没完，你说咋办呢？

王姐压着火说，我真不知道咋办，你别找我了，我管不了。

你得管啊，你不管不行啊。表哥理直气壮地说。

王姐挂了电话，仰天长叹。

这世上有一种理直气壮，叫"你比我过得好，你就必须得帮我"。

每个过得不错的人，身边大概都埋伏着几个这样的亲友，他们勤劳勇敢善良，尽心尽力讨生活，但还是过得穷苦——至少比你穷苦，于是莫名的，你就欠了他，他们来请你帮助，姿态虽然放得很低，但内心是理直气壮的，觉得你应该提供帮助，否则就是不仁不义。

当然，你虽然不是侠客，也有你的辛苦，但毕竟天赋运气要好些，给有困难的亲友一些力所能及的帮助也理所应当。但问题在于，你和他对这个帮助程度的认知有差距，你觉得给一杯就够了，而他想要一桶。凭什么给他一桶？你想不通。为什么你只肯给一杯？他也想不通。在他心里，他那么努力那么辛苦，他对生活仁至义尽，穷不是他的错，而你没付出那么多，就过得比他好，所以你得让着他，得把你的好运转给他一些，得接受他不太合理的请求。

他意识不到自己这种强行的索取对别人是不公平的,是在耍赖,在嫁祸于人,在折损自己的尊严和人格。

这种人不多,但确实有。

过去人说,一个人有十门穷亲戚就富不了,有十门富亲戚就穷不了。这话还可以衍生一下——有几个不懂事的亲戚,你就省心不了。

中国是个人情社会,人人活在一张情义网里,谁都会有几个比自己牛的上家,也会有几个比自己差的下家,本来大家互相帮助互相提携互通有无,其乐融融的也挺好,但良好的互动必须建立在你情我愿的基础上,哪一方都不能只站在自己的立场上衡量得失,全然不顾别人的感受——富者不能,穷者也不能。

人都念及情面,两个人心里的情在,彼此的面子就在,情伤了,面子自然就没了,再苛求下去,里子也没了,关系就崩坏了。

所以,不管有多么自以为充分的借口,也不要透支别人的情义。有时候你觉得人心薄凉,其实不是因为别人无情,而是你索求太多。

你条件很好，
可我想跟你分手了

见过一个不会谈恋爱的男生。是我前同事，颜值和收入都很高，当时坐在我隔壁桌。

他跟女友打电话的画风通常是这样的：

"破圣诞节有啥好过的，别整那洋事儿，老老实实在家待着吧。"

"后天啥日子？你生日？你有啥要求？我这有张购物卡，你拿去自己买点东西吧。哎呀谁买不一样！"

"你能不能别工作时间给我打电话啊，我忙得要死还得伺候你。"

"有事说事儿！没正事儿是吧？我挂了！"

有次我们加班，他女朋友来单位等他。一个人空坐了快两个小时，他没跟人家说一句话。我们订盒饭，他也忘了给女友加一份。

饭来了，姑娘明显有点失望，那天我正好不饿，就把我那份给了她。结果他一边吃一边数落人家：让你回家你不回，非到这来，还得蹭我们单位饭。姑娘默默吃了几口，放下筷子走了。

过几天，他跟我抱怨，说女朋友又莫名其妙不理他了。

我说换我也不理你。

他不解：我没惹她啊。

我说其实惹了。

他说我对她够好了，信用卡让她随便刷，我全款买的婚房都写我俩的名，上个月她爸住院，我伺候了三天三夜……该做的我都做了，她还吹毛求疵，隔三岔五闹分手，我差哪儿了？

我当时就想到一个词：夏虫不可以语冰。

怎么跟一个不解风情的男生，解释爱情这件风情的事儿呢？

确实，你自己条件不错，大方面也都做到了，甚至还做得不错，可是谈恋爱是涉及无数小细节的啊，仅仅把大事做好远远不够，那些细枝末节的小事，你表现得太差劲也是很恼人的。

你发自内心地爱着她，可是情人节没有一点表示，她花自己钱买条裙子你还说她败家。

你自以为很疼她，可她姨妈痛你第一反应不是"我去陪你"，甚至都不是"喝点热水"，而是"哎呀那这周都不能啪啪啪了啊"。

你说你在乎她，可你随口就说她配不上你，她跟你赌气一周了，你都没意识到，再见面还跟没事儿一样。

你很有诚意地想跟她结婚，可一忙起来就基本忘了还有她这个人，十天八天都不打个电话，她多联系你几次，你还说"烦不烦啊""最讨厌别人问我在干吗了"。

……

是的，你没大毛病，但是跟你谈恋爱，体验太差了。

打个不恰当的比方。

就像你买了个新手机，挺好看的，也很结实，但总有几个键不灵，打开个软件得五分钟，还时不时死机。那么，就算它硬件不错，你也不会满意。

如果爱情也是一件产品的话，那你在为另一个人提供这产品时，是不是也应该关注一下对方的用户体验呢？她渴望在这份爱情里得到的体贴、关注、浪漫、快乐……你能给到几分？如果只能满足基本需要，其他概不提供，这爱情恐怕她也不想要。

其实，那些让女人越相处越满意的男人，多数都体贴细腻，知道对方想要什么并尽量去满足的。

他可能也不care什么圣诞节，但她觉得有趣，他就愿意跟她牵着手拿着荧光棒在广场上看音乐喷泉。

他可能也很忙，但他知道她那个"在干吗"的短信，表达的是"我想你了"，所以会尽量抽空回一句"在忙，但是想你。"

他可能也不觉得姨妈痛是什么大事儿，但他清楚这一刻她需要他的陪伴，至少是安慰，所以就算实在不能过去陪她，也会耐心地跟她聊一会儿天讲几个笑话。

这样的男人，会让女人满意欢喜，越来越爱。因为他能给女人提供很好的爱情体验，这种体验，是一车LV包包也换不来的。

就像一款设计妥帖、触感灵敏的手机，你越用越顺心，自然舍不得换。

这就是用户体验的重要。乔布斯做苹果，一个根本理念就是"将用户体验做到极致"。他绝不会说：

"你想要五寸屏？明明四寸就够了嘛。我就提供四寸的，你爱买不买。"

"黑色多雅致，你干吗想要土豪金？你有病吧？"

"要什么开机密码啊，你有什么见不得人的？"

……

如果乔布斯是这样的乔布斯，苹果就不可能是今天的苹果吧？

可是很多人对爱情就是这样的态度：我是无比正确的，一切分歧都应该以我的想法为准，你想用你的感受来要求我？毛病！妄想！No way！

想必很多恋人就是因此分手的，或者就算没分手，也在因此不断争吵、失望，彷徨在分手边缘。

虽然没什么原则性的大事，但恼人的小事太多，也会耗尽人的热情和耐心。

所以，如果你认为自己硬件很不错，但女朋友还是要跟你分手，背后的原因很可能是：做你女朋友，用户体验太差了。

婆媳不和？
男人你要站出来

我们一直以为婆媳关系就是婆婆和媳妇的关系。其实这是个很大的误会。婆媳关系，应该是两个女人和一个男人之间的三角关系。在婆婆和媳妇身后，藏着一个根本不可能藏住的男人，他对婆媳关系的好坏，至少负有三分之一的责任，至少。

以前有个男同事，每天下班都不回家，要在单位吃了外卖，混到九点才走。问他原因，说老婆和老妈总吵架，烦。问他，你不回家她们就不吵了吗？他说吵啊，我眼不见心不烦。

另一个女同事就偷偷跟我说，真想分别代表他老婆和老妈上去抽他啊。

这样的男人，可以想见平时在家里处理矛盾的态度，估计也就三句话"你别跟我说,烦死了!""她就那样,我管得了吗?""你们能不能别吵了?"。

他以为这样就没事儿了。想得真美啊。

这就好比一个人家里房子着火了。他眼见着烟冒起来了,火苗蹿出来了,火越烧越大眼瞅控制不住了,他却嗖地一下把头缩壳里,默念着"我看不见啊我看不见"滚出一百多公里。

是啊,这样是烧不着你了,但这一片狼藉、烟熏火燎的日子你怎么往下过?

很多问题是不能逃避的。现在坐视不管,将来必然要收拾烂摊子。

聪明的男人应该懂得及时有效地解决问题,火星子一冒,你就得动手去灭,能灭几分是几分。灭不掉是能力问题,不去灭是态度问题。能力不济可以原谅,态度不对则不能容忍。

事前不预防,事发不解决,事后怪别人,这是相当冷漠自私、不负责任的行为。

所以啊,诸位已婚男人,千万别以为老婆和老妈有矛盾,那是她俩的事儿,跟你没关系。第一,如果没有你,她俩根本不会有关系。第二,她俩的关系坏了,你肯定好过不了。第三,在你们三人里,你是最强大的一个。

前两点不必多说,第三点需要解释一下。

其实婆媳关系里的两个女人,心理都是很脆弱的。

媳妇作为一个"外人"，孤单单来到你们家，要融入你们的家庭关系，顺应你们的生活方式，相对你们一大家子人，她是弱小的一方。而那个你觉得熟悉温馨的家，对她其实是个非常陌生的环境，陌生会使人敏感和警惕，会激发人的防备机制，使人草木皆兵。有时你觉得她为一点破事儿没完没了小题大做，那其实是她潜意识里的自我防卫，以及安全感测试——看你能在多大程度上保护她。

而婆婆作为老人，更加缺少安全感。她面临的是行将老去的人生，在不久的将来，她可能就需要晚辈的关怀和照顾。以中国人养儿防老的传统思想，以及不完备的福利保障制度，她能不能有一个幸福的晚年，很大程度上是要仰赖你们夫妻的。所以，婆婆对媳妇的在乎，远远大于媳妇对婆婆。这也会直接导致媳妇的一点不懂事不体贴不尊敬，就会使婆婆特别不舒服，引起不恰当的强烈反应。

相比之下，作为既生活在熟悉的环境里，又得到双份宠爱的男人，你是最有安全感，也最轻松洒脱的一个。你唯一要做的，就是安抚好两个脆弱的女人，让她们都能感受到你的深情厚谊。

你给老婆足够的爱和保护，让她知道你的心是在她那里的，有了安全感和幸福感，她就会比较宽容理智，不会对小事太计较。你爱她，她才会心甘情愿爱你，从而爱屋及乌爱你老妈。而且人心情好了，看谁都顺眼，自然也会对身边人好一点。

当然，你也要多疼老妈，让她知道这儿子没白养，没有娶了媳妇忘了娘,有了这个定心丸,她也就不会对媳妇的缺点太敏感,不会吹毛求疵,更不会把对你的怨气转嫁到媳妇身上。

有一点必须注意:不要当着一方的面,对另一方太好。婆媳"争宠"是不争的事实,很多时候,她们在意的不是你爱不爱她,而是你更爱谁。最牛的男人,是让媳妇和妈分别觉得你是和她站在一起的,你对她的爱不可替代。所以,最好不要在一方面前对另一方过分好,过分亲昵。要亲热,背后亲背后热。当然,也不能走另一个极端——为表忠心,在一方面前对另一方过分苛责,瞎耍威风,因为这种行为有极大的示范作用,很容易让观者有样学样:你如此要求她,我也便该如此,你能跟她吵,我自然也能。

有一个大姐,五十多岁了,跟公婆关系很差。婆婆手术住院,她出了大部分住院费,但一次都不去看。

心伤了,她说。

年轻时她和公婆住在一起,家里有啥好吃的,都是趁她不在家时吃。做红烧肉她多吃几块,婆婆就放下筷子瞅她。有次为这事儿吵了起来,婆婆说"你娘家那条件,能天天吃上肉?到我家你就享福了,知足吧。"大姐当时特生气,让老公评理。她老公倒好,一口一个"我妈没说错",还指责她事儿多。这事儿大姐记了半辈子,到现在说起来还义愤填膺。

很多男人都是这样,立场不客观,每每老妈和老婆有矛盾,不管事实如何,都片面地偏袒维护一方,所以常听做媳妇的抱怨老公

"愚孝"，做婆婆的抱怨儿子"媳妇啥都是好的"。这种行为确实很弱智，不但解决不了问题，还会使一方更加委屈恼恨，导致矛盾激化。

你做孝子不要紧，但一定要孝得有道理，你爱媳妇也很好，但不能爱得没原则。

虽然很多家务事都没有绝对的对错，但如果确实涉及原则性问题，作为男人，你必须得做出公道的判断，有个明确的说法。不管老妈还是媳妇，对就是对，错就是错，哪里对哪里错，要公平公正地讲。某种意义上，你是家庭法官，有些话其他人都不能说，只有你可以。如果你再各种护短狡辩，很容易使矛盾雪上加霜。

其实如果那大姐的老公会做，看到他妈舍不得儿媳吃，能及时劝导，知道老妈说了不该说的话，能承认"我妈说的不对"，安慰一下老婆，想办法让她解了仇消了气，想必大姐跟婆婆的关系不会恶化至此。

有次我在商场碰到一对小夫妻买衣服，女的看上一条长裙，又觉得贵，拿不定主意，问男的，男的说买吧，你穿着真挺好看。女的说那刚才那双鞋还买吗？男的说买呀。女的就乐了。男的说，老婆我就一个要求，你回家也给我妈这么笑一个呗。女的撇嘴。男的说，这样不行，就刚才那个笑，那个行。女的绷不住，又笑了。男的说，哎就这样就行，我刷卡去，你好好练练哈。

男的去刷卡，女的脸上一直挂着笑。

我觉得这男的挺赞的。其实婆媳之间，哪有深仇大恨，多半是鸡毛蒜皮的小事。原则性问题要理清是非，有个公断，而大部分小事儿，根本犯不上急赤白脸地掰扯，把双方的心情和态度调整好了，问题就解决一大半了，这叫四两拨千斤。

所以，男人一方面要懂得做法官，一方面也要学会和稀泥。

很多事情，是说不清对错的。

婆婆早上六点就想吃饭，而媳妇觉得睡到八点才合适。婆婆觉得超过一百块钱的衣服就是奢侈品，媳妇认为几十块钱的衣服根本没法穿。双方站在各自的角度，都觉得自己特有理，对方没道理。这种时候，男人就得和泥了。跟媳妇说"我妈这一辈子的习惯，实在是不好改，再说省钱也不是坏事，你这么聪明，一定能理解哈，其实我妈以前三十块钱的衣服都舍不得买，你来了这都好多了。"跟老妈说"你看我不也睡懒觉吗，你都不生气，其实她也想早点起来一家人好好吃个饭，但是工作累啊，休息不好也不行，上次起得太早，她在单位开会都睡着了。"拉一把这个，拽一把那个，两头哄着，促进包容，加强理解，推动团结，大家慢慢找到关系的平衡点，情况就会好多了。

稀泥能不能和好，特别考验难男人的情商。这要求你首先要懂得分别站在老妈和老婆的角度想问题，然后要教会她俩分别站在对方的角度想。只要大家都能换位思考，相互理解就不会太困难。

如果一方就是理解不了，男人就得学会代另一方道歉："我妈（媳妇）这么做确实不太好，我代表她向你道歉。对不起了媳妇

（妈），让你受委屈了。"有你这句话，你老妈或老婆再大的气，可能也会消一半，剩下一半，你们慢慢调适，一时解决不了也不要紧，起码关系不会崩。

好男人就是要有宽阔的格局，有运筹帷幄的能力，既能坚持原则镇住无理取闹，也能低头弯腰和一手好稀泥。

可能的话，男人要敢于挡在中间，巧妙地把战火引到自己身上。因为你是强大的，你和老婆老妈的关系也很强大，而老婆和老妈本身就脆弱，她们的关系更加脆弱。一把火烧在你身上，你可能暂时难受一下，但很快就能过去，而一旦在她们之间烧起来，后果就要严重得多。

最蠢的男人，是不但完全处理不了问题，还控制不了自己的情绪，在老婆或老妈面前数落对方不是，挑拨拱火，把自己抖落得特干净，却让婆媳之间矛盾越来越大。这真是蠢成渣了。

庄子讲过一个道理，说，如果一个人乘船过河，有一只空船撞到了他的小船，他脾气再坏也不会生气，只能认倒霉。但如果他看到有一个人在船上，就会对那人大声喊叫让他驶开，如果对方没听到还照样撞过来，他就会气得破口大骂。

其实很多婆媳矛盾也是这样。

生活里本来就会有很多困难和麻烦，比如家务活，如果一个女人自己带孩子，喂奶做饭洗尿布，再辛苦她也能忍，不会生气，但如果跟婆婆生活在一起，对方不帮忙她就会十分不爽。或者，一个老太太自己生活，要买菜做饭收拾家，她心甘情愿，而如果身边有个玩手机的儿媳妇，那怨气可就挡不住了。

有时候未必是婆婆或者媳妇做得不好，而是她们把对生活的怨气，转移到了对方身上，那些本该自己承担的辛苦，因为有了可以一起承担的人，有了指责对象，就瞬间让人不愿意接受了。心态一旦不对，言行肯定就会跑偏。

所以"空船心态"很重要。婆媳和男人，都应该清楚自己的固有责任，不能把自己的困难转嫁他人。

作为男人，应该懂得老妈不是老妈子，她养你到十八岁，义务就已尽完，往后的帮助，都是情分，做多你该感谢，做少你也没理由指责。

而媳妇也不是你们家娶来的会赚钱的保姆，不可能一边辛苦工作，一边承担所有的家务活，她没这能力也没这义务。

所以，该承担的，你要承担。没人规定洗碗拖地都是女人的活，男人回家就该坐沙发上抽烟看电视。谁都不是上帝赐给你的天使，活该伺候你一辈子。你该做的事情，别人愿意为你做，那是你的福气，人家不愿意，你就必须自己承担起来。你多付出点，老婆和老妈就可以少做点，矛盾可能就会少一点。

如果一个男人没有"空船心态"，把生活中自己该承担的责任，理所当然地推给别人，懒惰、自私、不明理，无疑就是给婆媳关系挖了个大坑。

有些男人，本身就是婆媳矛盾的始作俑者和催化剂，只是他们完全意识不到。

所以,如果你的老婆和老妈有矛盾,好好想想你在其中起了什么作用,是拱了火,还是灭了火,是袖手旁观,还是全力解决。

好的婆媳关系,男人功不可没。坏的婆媳关系,男人通常也逃不了干系。

越老你要越狡猾

一个中年女人被老公甩了,很崩溃,生活完全处于混沌状态,除了吃饭睡觉,所有时间都用来哭诉。向家人哭诉,向朋友哭诉,都不够,最后跑到电视台哭诉。她说:我四十三了,他开始嫌我老,嫌我丑,找了个二十三的小狐狸精来跟我比,我哪里比得过?结婚之前他就跟别的女人眉来眼去的,我们结婚十周年纪念日,他连家都没回……呜呜这个黑心白眼狼啊,他不看我这么多年为这个家操劳,也得看儿子啊……她哭诉时,她十二岁的儿子就坐在旁边,头深深地埋在胸前,一言不发。

这女人堪称当代怨妇的典型代表,她身上集中体现了现代女性的杯具命运——人到中年,人老珠黄,老公成器,另寻新欢,沦为弃妇,既怨又冤。

自然，于情于理，她都赢得了绝大多数人的支持。人们众口一词力挺她，指责她老公。这让她更加得势，仿佛自己是天下第一贤良，却遭遇了世间最大不公。窦娥算什么，秦香莲算什么，哪有她的冤屈多——我觉得众人的同情和支持是在把她推向更深的深渊，让她失去自省的意识，她只知道冤，完全没想过自己也有过错。

的确，你老公抛妻弃子另寻新欢，他大错特错。可是要知道，喜新厌旧是天下男人共有的本性，你作为女人，要维持婚姻的稳定，必须要与此对抗。当然，论年轻美貌，论新鲜有趣，43岁的你远远比不上二十三岁的小姑娘，但起码有一点你得比她强——你应该比她狡猾。她是小狐狸精，你应该是老狐狸精。除了十几年的婚姻感情和那个可怜的儿子，你的制胜武器应该是，你在岁月中历练出来的狡猾的处世之道。

每个女人都会老，而男人不喜欢老女人，这是女人的悲哀。但要记住，老不是白老的，在变老的过程中，你的经历、眼界、心智，都应该有和面容成反比地提升。由此，你对男人、感情和婚姻的认知和掌控能力，也应该跟着皱纹长。比如十三岁的时候，可能你心仪的男孩子换个难看的发型，你就不喜欢他了。到了二十三岁，你就该聪明点，知道发型其实不重要，你在意的应该是他是否专情。三十三岁，你的眼光就该放在他的社会能力上，他能不能让你生活得优雅舒适最重要。而到了四十三岁，你就得明白，你们之间不再靠爱情维系，只要不影响大方向，他可以对别的女人心存一点点小杂念。其实大部分男人都是非常在意家中妻小的，如果你对他宽容些，给他框定一个相对宽松的范围，而就算他越界，也能用柔性手段拉他回来，他是不会轻易弃你不顾的。

而上面说的那个女人，到四十三岁了，还在纠结于老公年轻时跟别的女人眉来眼去，纠结于他不记得十周年结婚纪念日——这也许确实是他的过错，但把这个作为他罪大恶极的罪状摆出来数落，实在太轻薄了，这说明她到了四十三岁，还在用二十三岁的心智看事情，岁月只是让她容貌变老，而没有让她心智成熟，这才是悲剧发生的关键。而且一个四十三岁的女人，就算面临婚姻变故，也不应该完全失控，他再薄情，也是你孩子的爸，你们也还有十几年的感情，未来的生活里，一定也还有交集，你这样处处卖他的丑，恨不得让全世界唾弃他，除了泄了愤，还有什么好处？还有那个可怜的孩子，你只知道拿他当武器，有没有想过你这种绝望崩溃，会给他心里留下怎样的阴影？一个女人在面临变故时，既没有挽回败局的能力，又不能处理好各方关系，既没有保护好自己，又没有保护好孩子，这是最大的无能。

大多数中年女人在婚姻里是处于弱势地位的。好时怎么都好，一旦离婚，女人多半是要走下坡路。而现实残酷，男人常被诱惑，女人常受威胁。如果你四十三岁了，你男人开始倾心于二十三岁的女人，你要拼什么才能在这场PK中胜出呢？答案是理智、宽容和狡猾。

其实一个女人，在岁月中失去青春美貌并不悲剧，而付出如此昂贵的学费，却没有学得更狡猾，才是最大的危险和不幸。

为什么听过很多道理，却依然过不好这一生

其实我是要谈科学的，但依然先从八卦开始。

女友S，深深爱上了一个有老婆孩子的男人，地下情延续了六年，三十二岁的S，苦不堪言，进退不得，至今未嫁。

这太糟糕了。S自己也知道。她曾对我赌咒发誓说再也不跟那人来往，否则让老天爷劈死她。可是几天后我去她家，就看到她系着花围裙在给那男人蒸鱼。当然，并没有被劈死。

S的朋友圈永远充斥着"学会放手""得不到的就不要碰""对的人才值得付出"……一筐一筐的好道理，可现实里面呢，人家完全是一副"我就一辈子做他情人了，爱咋咋地"的死德行。

有次她妈跟我说：真是一点招没有了，她啥道理都懂，也认可，可就是瞪着眼睛非往邪路上走，你说人为啥会这样呢？

人为啥会做明知不对的事呢？

这正是我要说的问题。

先反过来想下好了：要是人都只做自己认为对的事——知道出轨不好就不出轨，知道吸烟有害就不吸烟，知道读书有益就少刷点朋友圈关注一下亚里士多德……那人生该是多么吉祥如意啊。

但事实上没有人能完全做到，不但臣和妾做不到，皇上老子也做不到。

因为人的功能，就不是那么设置的。

科学家说，人的大脑可以简单粗暴地分成两部分：原始脑和进化脑。

原始脑在人还是猴子甚至海洋生物的时候就形成了，这部分大脑是全自动模式，能让你不必思考便可以走路吃饭，也能自动帮你分拣有用信息和没用信息，并做出条件反射式的反应，比如看到路边有棵树你毫不在意，而如果那是一只藏獒你就会立刻进入戒备状态，这些行为都是下意识的，你感觉不到大脑的处理过程。

而进化脑则是有意识的，它通过逻辑推理，让你理性地分析事物并采取行动，类似"开车还是坐地铁上班""送女朋友什么生日礼物"之类的问题，都是进化脑帮你完成的，我们平时说的苦思冥想，是进化脑在想，我们说的绞尽脑汁，绞的也是进化脑的汁。

简单说，原始脑反应人的本能，是动物性的，比较低级。而进化脑则反应人的心智，是人区别于动物之处，很高级。

每个人都有一部分没经过进化的原始大脑。所以，没有人是完全受理智控制的，再聪明睿智、品德优良的人，也有动物性的一面。而且我们对世界的习惯性反应，激活的基本都是较低的思维系统，也就是原始脑。尽管你意识不到，但很多时候，确实是本能的直觉在支配你，使你做出与理性完全相反的决定。

比如，你不想吃大便形状的棒棒糖——你的理智知道那是棒棒糖，但直觉却告诉你，啊，恶心的大便，不能把它塞嘴里。

还有，你不愿意拿一把没有子弹的枪对着自己的头并扣动扳机。因为直觉会说，妈呀，会死人的。

假如有两杯白开水，一个杯子上写着"清水"，一杯写着"毒药"，你就算明知都是白开水，也会选择喝"清水"。就算另一杯上标着的是"不是毒药"，你也不愿意喝它。因为原始脑会本能地对"毒药"两字做出抵制。

……

太多时候，你的理智明明知道该这么做，但本能却把你引向另一个方向。

人的自由意志是有限的，我们对自身的控制其实比想象中要小得多。

大体上，原始脑和进化脑的追求目标是一致的，比如安全、快乐、舒适。但在具体执行中，两者常常发生冲突。

原始脑只顾眼前，冲动而直接，看见冰淇淋就想吃，看见游戏就想玩，看见喜欢的异性就想凑上去，有个叫"蠢蠢欲动"的词特别生动地反映了原始脑的兽性——蠢蠢地开动了欲望。

而进化脑虽然也希望获得快乐，但它会通过理性思考，来判断哪些欲望是合理的可执行的，哪些是非分之想必须坚决消灭的，比如它会意识到，吃冰淇淋虽然能获得暂时的快乐，但会使你变肥，肥了很丑，太丑就找不到好对象和好工作，从而丧失更多快乐的机会，所以为了快乐最大化，不能吃。

那么问题就来了：如果你的进化脑进化得不够好，出现了错判，或者虽然判断对了但打不过原始脑，会怎样？

答案是，你就会走上猪的道路。

开头说的朋友S就是典型代表——进化脑明明知道跟那个男人厮混下去是死路一条，但原始脑强悍地一次次把她拉进原始欲望的深渊。

所谓"听过很多道理，却依然过不好这一生"，通常不是能力问题，而是进化脑败给了原始脑的结果。

当然，我们也不能因此而憎恨原始脑。这家伙其实是相当有用的，没它你简直活不成。

曾有科学家研究过原始脑受损的患者，他们做很多事都需要通过进化脑的逻辑分析完成，这些可怜人就连在两款麦片中选一款做早餐，也要想几个小时，想到午餐都开始了。

大概也正是因此，人类才如此信赖原始脑所带来的本能的直觉，尤其女人。由于速度和力量的欠缺，女人在进化早期，需要拥有更强大的原始脑才能活下来，而原始脑强大的结果，就是让人更感性，直觉更敏锐，更能从细微处体察世情，也更难控制自己的情感和欲望，这大概也是女人们有时洞若神明、有时蠢得像猪的原因。

当然，无论男女，都应该努力使自己洞若神明，避免蠢得像猪。

这就要求我们对原始脑保持警惕。

当直觉指令你去做一件事而你隐隐感觉不对劲，或者已经知道是错的但就是忍不住要那么做的时候，就得停下来，平心静气地跟自己谈谈，摆事实讲道理，让进化脑运作起来，控制住心里那头蠢蠢欲动的猪。

当然，思考性自律常常是行不通的，大部分时候，说服自己比说服别人还困难。所以你还得像训练野兽那样训练自己，让自己在错误行为和不良后果之间建立联系，一看到冰淇淋，马上想到一个肥硕不堪拉不上XXXL号衣服拉链的自己，一接到那个已婚男人的电话，马上想到被人家原配当街暴打或者耗尽青春孤独终老的自己，然后主动自觉地，从猪的道路上拐回来。

你越多地听从于进化脑，你的人生就会越美妙。

时间太快，
而我们终将跑赢自己

Chapter 6

世界如此热闹，只要你不主动离场，就每一天，都不会寂寞，每一年，都热气腾腾。

细节见人品

高中同学聚会,临别时拍了张合影,用素素手机拍的,约好了回去发同学群里,馋馋那帮没来的。

然而第二天,素素把照片一个个私聊发给了我们,并没有在群里晒。我有点奇怪,说你直接发群里多省心,还可以让没来的同学都看看。

素素说:想发来着,不过看S拍得不太好,她平时挺注意形象的,所以就作罢了。

我细看那张照片,素素自己倒是发挥很好,S呢,头发凌乱,笑得也夸张,跟她平时在朋友圈和同学群里发的自拍差距很大。

想来S是不愿那张照片出现在群里的。

虽然她没说,但素素体会到了她的心意,并尊重了她。

这种尊重，其实并不容易。

如果素素是个嫉妒狭隘的人，她可能会巴不得S拍得丑点，越丑越要发群里，让大家看看S的真面目，揭穿她靠美图软件维持的美貌假象。

或者，就算素素心不坏，可能也会随手把照片发群里。反正她自己拍得美，反正大家也都说了要在群里晒，至于S会不会不高兴，管她呢。

很多事情都是这样：我知道这件事会让你别扭，但我有足够的理由这么做，我做了你没办法怪我，我不做你也未必会感谢我。

那么要不要这样做，就考验一个人的人品了。

请注意，是人品，不是情商。情商决定着"你能不能意识到别人会不开心"，而人品考验的是"你想不想让别人不开心"。大部分人，是有"能意识到别人会不开心"的情商，却没有"不想让别人不开心"的人品。

朋友小谢曾有个闺蜜Q，两人住楼上楼下，以前好到吃饺子都要互送一碗，但后来因为一些误会闹崩了，现在关系很僵，楼道里相遇都不打招呼。

去年Q婚内出轨，老公要离婚。小谢曾拉着我跟她聊过一次，分析他们的婚姻状况，看还有没有必要挽救。

后来他们还是离了婚。

前不久，我和小谢以及几个朋友吃饭。大家知道她跟Q曾经交好，现在交恶，就试着打探Q的离婚内幕。

一位男士插科打诨地问：是她外面有人了吧？

有你啦？小谢说。

男士不甘心：那到底为了啥？

小谢笑：可能是因为谁做晚饭的问题。

大家都笑。

我心里暗赞，觉得小谢真是好机智又好善良。

她跟Q闹这么僵，说心里没怨气肯定是假的。那么，别人问她"Q是不是外面有人"时，只要说一句"她呀"，配上一个轻蔑的笑，大家也就心知肚明了，而且这个密泄得神不知鬼不觉——我什么也没说啊，别人怎么理解是别人的事。

但是小谢没有。她选择了帮Q保守这个秘密。虽然这会让在场的朋友都觉得她不实在，虽然她完全没义务牺牲自己的交情去维护Q的声誉，但她下意识地，保护了一个已经交恶的朋友。

这真是件特别小的事，小到只是一句话和一个笑容的分寸。但这个小细节，让我感受到了小谢骨子里的善良，从此对她好感倍增。

我在杂志社工作时，有次社长谈了个广告，单子很大。社长自然不能做具体业务，所以要找个业务员跟客户对接。我们一致认为小韩做这个事最合适，因为他跟那公司的老总是老乡，人也比较能干。

那天社长约了老总下午见面,想叫着小韩一起。却不巧,小韩请假外出,手机又一直打不通。社长很急,临时喊来另一个业务员小顾,说下午你跟着我去吧。天上掉下个大单子,小顾喜不自禁,说太好了,我回去准备下。

社长说好,又补了一句:本来小韩去最合适,他跟那老总是老乡,但现在找不到他,没办法了。这样啊,小顾想了一下,说,小韩有两个手机号,他以前用另一个号给我打过电话,我翻翻看能不能找出来。

十分钟后,小顾来找社长,说我联系上小韩了,他下午能过来。

社长很高兴,连连点头,说好啊。

小顾出去了。社长看着他关上门,回头就竖了个大拇指,跟我说:这孩子,这人品。

这是七八年前的事了。前段时间我和社长见面,偶然聊到小顾,我说起这件事,没想到社长也记忆犹新。

他说:虽然就是找个电话号码的事,但换一般人,做得出来吗?那天要是小顾跟我去,单子就签他手上了,好几万的提成啊,对他可不是小数,但这孩子就硬把小韩给我找出来了,我心里真是感动,冲他这份厚道,我后来又给了他好几个单子。

我问:小顾知道您为什么给他单子吗?

社长笑,说,他不知道,他可能以为是自己运气好吧。

我后来想,我们现在喜欢把"运气好"说成"人品爆棚",原来这话也不全是玩笑，很多好运气，真是拼人品拼来的。

人品很重要。这谁都知道。

可是在凡俗的现实里，我们其实也没什么机会做救苦救难、博施济众的大英雄，更很少会做烧杀抢掠、坑蒙拐骗的大恶人。一个人的人品，多半要通过琐碎的生活细节展现，说起来，无非是聚会愿不愿意买单、打车会不会主动坐前面、在外面能不能善待服务员保洁员、开车时是不是乱变道乱开远光灯、捡到手机钱包会不会原封不动返还……

正是这一件件小事，让别人对你的人品有了判断。

很多时候，可能你只是下意识地做了某事，自己完全没在意，但别人看在眼里，就感知到了你的为人，进而决定了对你的态度，是依赖还是防备，是欣赏还是反感，是信任还是怀疑，是有求必应还是避之不及，是想在生命中拉黑你还是置顶你。

当别人看到你细心善意地不把同学的丑照发群里，不在背后透露交恶的朋友的隐私、拱手把掉到自己手上的大单子让出来……别人自然对你心生好感，另眼相看。而这些，显然都不是刻意装出来的。

而如果你内心没有这样的善意，那么就算平时处心积虑地刻意表现自己有多好，也总会不经意地流露出本性的真实来。

我们可能都遇到过这样的人：话说得特别动听，有些事做得也不错，但你总能在某一个偶然的瞬间，发现TA的自私和冷漠，然后不由地心生失望。而那个人可能并不自知，还沉浸在自己苦心经营的假象里，以为所有人都还当ＴＡ是绝世大善人。

这样的人，到了拼人品的时候，往往都会输。但ＴＡ很难意识到是自己的问题，只会觉得是别人的错，是别人辜负了ＴＡ。

ＴＡ不知道，人是会被细节出卖的。

所以，若想攒人品，还是要扎扎实实地做好人，诚诚恳恳地对别人。这样，别人才会在一点一滴的相处中，感受到你的善良、正直、宽容、诚信。而好人品，一定不会白攒。到他日有需，它定会带给你惊喜。

在这个拼人品的世界，好人品是一个人的护身符，不仅惠人，更能利己。

精明的最高境界是厚道，修养的最高境界是善良。

我只是怕你不在乎我

她最近追看一部韩国肥皂剧,看到人家夫妻恩爱的情节,忽然良心发现,觉得自己应该对老公好点。于是晚上,她特意提前两小时进了厨房,做了香酥排骨、山椒竹笋和蹄花汤,都是他最爱吃的。

他下班回来,匆匆洗了手在餐桌旁坐下来,心不在焉地捧起碗就吃,一看就是人回来了,心还在公司上着班。没吃几口,公司电话追过来,他一边吃一边跟对方讲着活动方案,电话打完,饭也吃完了,他几乎没意识到塞进嘴里的是什么。她挥汗如雨地忙了两小时,本以为总能换得他一句赞许,或者就算他不说,能吃得开心也行,但是什么都没有,白忙活了。

她心里有点不爽,闷闷地打扫残羹冷炙。正刷着碗,他站在厨房门口说，明天我妈要去二院复查，你得开车去接她啊。她更不爽了：让你姐陪着去吧。他一愣：你没空？她气鼓鼓地说，凭什么老让我去，她妈还是我妈啊？他觉得莫名其妙，话里带了气：这叫什么话？她妈就是我妈，我妈就是你妈，我妈生病就该你伺候。

然后就吵起来了，什么你妈是她妈不是我妈，我妈是我妈你妈是你妈，乱七八糟急赤白脸地争了好一阵子，最后也没争出个头绪来，两人都窝一肚子火睡了。第二天，她没陪婆婆去医院，他临时通知姐姐去了。这么一弄，婆婆和大姑姐又都不高兴了，喊过他来数落了半天她的不是。

一场家庭大战就此爆发，人人觉得自己有理，互不相让，差点让这个小家庭解了体。

后来她想，到底是怎么闹到这个地步的呢？她和老公大打出手，是因为婆婆和大姑姐背后使坏，使坏是因为她没陪婆婆看病，她不去是因为心里有气，心里有气是因为——她劳心劳神给他做的晚餐，他居然吃得那么心不在焉，一句好话都没说。

话说，这真是好小好小的一件小事啊，小到都不好意思说出口。

很多夫妻吵架，起因都是鸡毛蒜皮的小事。但心理学家说，没有一次争吵是因为鸡毛蒜皮，俩人能吵起来，一定是因为在那件很小很小的小事后面，隐藏着深层矛盾。就像一根火柴能引爆炸弹，却点不燃一块石头，一件小事能把两个人引爆，一定是因为他们的关系里面，有不稳定因素，错不在那根火柴上，而是那颗炸弹。

就像一个小数点的差错导致哥伦比亚号航天飞机机毁人亡一样，在婚姻里面，极微小的差错如果日积月累，就会变得危险。男人可能觉得，少说了一句好话，甚至吃饭不够认真，这还是事儿吗？但女人偏偏在乎。其实那不是简单一句话的问题，那是他对她劳动的尊重，是对她的付出的感谢和认可，是他对她的在意。

好了，事情的根源就在这里：女人找男人吵架，尽管原因五花八门，但本质上的出发点绝大多数都是——你不在乎我。你不在乎我，所以不给我买花不回我电话，你不在乎我，所以让我在家里操劳你却在外面逍遥，你不在乎我，所以不会悲伤着我的悲伤幸福着我的幸福……其实她们要的不是一束花或者一天十八个电话，她们是想要一个证据，证明自己在男人心里的重要性，证明自己的爱情和人生的安全性。

有些女人有种天然的弱者心态，心理上的弱势，使她们格外敏感、脆弱、自尊。她们时刻关注着男人的动向，稍有异动，就立即警觉起来，不由分说把一切事情向着"他不爱我"的方向推理，一旦得到一点印证，就痛不欲生。如果这种小事多了，累积起来，婚姻关系就会从石头一点点演变成炸弹。

当然，这种推理多半是在潜意识里发生的，你也许并没有意识到自己痛苦和愤怒的真正原因，你可能以为触怒你的只是那件事本身。其实想想，他忘了你的生日，真是件那么严重的事儿吗？你一个人过生日，真就那么痛苦吗？假设他事先告诉你，他将出差到一个没有信号的地方，你的生日将没有他的陪伴，也不会得到那句"生日快乐"，那也没什么吧？说到底，还是为了他对你的那份心。

而偏偏很多男人就不会表达这个心，就算你在他心中是至高无上的女神，他也不会在生活中时时处处恰到好处地表达，让女人误以为自己在男人心中没分量。

其实真没必要为了一点小事上纲上线，让自己抑郁，让男人为难。要懂得及时理智地阻止自己做错误的推理和联想，很多小事，真的就是一件小事而已，跟他在不在乎你没关系。

人弱才会被人欺

这是前几天一位读者留言:

我是对工作特认真那种人,自己的活儿再多也要加班做好,而我又好心眼儿,别人要帮忙,我都会全力以赴。这就导致现在谁有什么事都找我,领导也会经常让我干些额外的活儿,同事明明闲得要死,他也不找,偏让我干,因为我好说话,又认真负责。可是我真心好累啊,也很不平衡。我们是事业单位,多劳不会多得,我天天加班忙得没空上厕所,也跟那些不做事的人拿一样的工资。而要升职,领导估计也不会想到我,因为我只会干活,不会跟领导套近乎,肯定拼不过那些整天围着他转、满嘴恭维奉承的人。想想真是绝望,这社会人善就注定要被人欺吗?

人善就会被人欺吗？当然不是。

就这位读者的情况看，造成她目前处境的显然不是善，而是弱。

第一，性格弱，不敢违抗别人。领导安排工作你可以尽量配合，但同事要求帮忙，还得量力而行吧？你都忙得没空上厕所了，别人还找你，说明他们也没为你着想，那你直接告诉对方"抱歉我要上个厕所"也不算过分嘛。为什么还要逆来顺受难为自己？你的"好说话"，本质上不是善良，而是懦弱。

第二，能力弱。事业单位确实潜规则多，在这样的环境里，仅仅有工作能力并不够，跟领导处好关系、让领导知道你做了什么，也是能力的一部分，这方面能力的欠缺，很容易导致自己处于被动局面，这不太公平，但这是现实。

所以，你要改变的，不是善良，而是性格和能力。如果你确定自己是在"被欺负"，就要敢于对无理要求说不，也要学会去维护好重要的关系。

大多数时候，让人吃亏为难受委屈的，都不是善，而是弱。

善良的前提是"我愿意"——我知道这不是我的工作，但我心甘情愿去承担，并且不求回报，这是善良。

而如果你明明不愿意，却不得不去做，然后愤愤不平，觉得自己吃了亏，这显然不是善良，而是处事能力弱。

所谓"人善被人欺"，通常是弱者的自我辩护，用"善良"美化了自己的懦弱或无能。

其实，真正的善良绝不会导致"被人欺"。

比尔盖茨已经为慈善事业捐了一百亿美金，该算善良吧，可人们并没有欺负他啊，根本欺负不了嘛。退一步说，就算有人能欺负，也一定是因为那个人比他更强，而不是更坏。

大自然的法则从来就是弱肉强食，强大欺凌弱小。狼吃羊，是因为狼比羊强大，而不是羊比狼善良。这是能力问题，与道德无关。

人类虽经过了几千年文明的教化，但也远未真正脱离这个基本法则。依然是强者拥有更大的主动权，而弱者则相对被动，利益得不到保障。所以我们才对强者有更高的道德要求，希望他们能主动出让自己的利益，让弱者能活得稍微舒服点，因为"为富者仁"才能"居贫者安"。这也是所谓"弱者有理"心态的根源。但这其实对强者是不公平的——大家都是凭本事赚钱，你赚一千块，可以心安理得自己花，我赚一千万，凭什么就得分给你？那么，如果强者不接受道德绑架，不肯出让自己的利益，弱者除了骂一句"为富不仁"，也没别的办法。

所以，决定一个人被不被欺负、受不受委屈的，是强弱，而非善恶。善良的强者不会活得太憋屈，弱小的恶人也不可能过得很如意。

那么，当你对处境不满，决意改变，当然还是应该让自己变强,而非变坏。

当你有足够的智慧去分辨该做什么不该做什么,有足够的勇气去拒绝自己不该做的事,有足够的能力去承担自己选择的结果,你就能掌控你的生活,就不会再是一只任人欺负的小绵羊。

然后你依然可以做个善良的好人,只是你不会再因这善良而委屈困顿、无可奈何。

怎样的女人，才算"会过日子"

前几天有读者留言问我：什么样的女人可以称作"会过日子"？十年不买一件新衣服，从来不烫染护理头发，不精细护理指甲，从来不自己花钱在外面吃一次饭，家里从没买过花，买的东西全是实在又划算的，不乱花一分钱……算不算很会过日子？

我说不算，这充其量只能说是会省钱。

大概是因为几千年来我们的物质太匮乏，人们必须省吃俭用，不浪费一粒粮食一分钱，才能满足一家人的温饱，所以中国人的传统观念总认为，只有精打细算才算会过日子，而形容一个女人节俭，通常会说她"会过"。

"节俭=会过日子"这个等式在过去可能是成立的。但是如今，大部分国人已经摆脱物质上的困窘，吃饱穿暖基本都不成问题，我们实在不该再把节省作为生活的准则，作为衡量女人会不会过日子的唯一标准。

一个女人，不买新衣服，不做头发，不用化妆品，不舍得吃好的，不舍得花钱看病，忽略自己的形象和健康，灰头土脸咬牙切齿地攒着钱，这样的节俭得不偿失，不算会过日子。

而不舍得出去吃饭，不舍得买花看电影，不舍得一家人去旅游，不舍得带孩子去一次游乐场，不舍得在非基本需求方面花一分钱，这叫不懂生活，不叫会过日子。

还有，路遇矿泉水瓶必须捡回家，买菜只买很便宜但烂掉了一半的，明明很忙却还为了省两块钱去超市排队一小时买鸡蛋，这是穷怕了钻钱眼儿里了，跟会过日子挨不着边。

勤俭节约是美德，穷奢极欲是恶习，这无须讨论，但这也绝不意味着花钱就可耻，省钱就光荣。在经济条件尚好、赚钱能力也不差的情况下，一味地为了省钱而节衣缩食，降低生活质量，把本来可以宽松从容的日子，过得紧紧巴巴苦苦哈哈，这难道不是对自己和家人生命的浪费吗？

真正的会过日子，是把穷日子过富。而这个富，应该包含物质和精神两个层面。物质上要充裕，精神上也得丰盛才行。

根据自家情况，在有限的条件下，尽可能地把生活打理得有品质、有情调、有意思，才是真的会过日子。

我们家楼前有块小空地，有年春天，一楼的邻居姐姐领着两个不到十岁的女儿把那块地开出来，种上了菜，隔三岔五带着孩子们去浇水、除草、捉虫。此举起初赢得楼里几位老太太的一致好评，赞美之词当然就是"会过日子"。但是没多久，老太太们听说她光买菜籽和肥料就花了二三百块，还一直用家里的自来水浇地，口风就变了。到菜成时，这块地已经成了笑话，"一共就结了仨茄子，十来个西红柿，"老太太们说，"都不够自来水钱。"

这是那代人的思维方式。

但是，一个妈妈让两个女儿经历了一次春播秋收，体验了播种的辛苦和收获的快乐，让孩子们看着自己种的白菜萝卜茄子西红柿一天天长起来，这种体验是几百块钱能买到的吗？这种收获，不比那点农作物价值高得多？

还是那个姐姐，我常见她和老公骑着自行车，各带一个女儿，穿着好看的亲子装，兴高采烈地去游泳，去近郊玩，去看话剧。

我觉得这才叫会过日子。

无论男人女人，让自己和家人尽量多地享受优质美妙的好时光，才叫会过日子。

做得好饭，收拾得好家，处理得好亲戚邻里关系，才叫会过日子。

把六十分的日子，过出八十分的滋味，让一家人都过得神采奕奕丰盛饱满，才叫会过日子。

会赚钱，也能让赚来的每一分钱，都最大程度地发挥作用，才是真的会过日子。

仅仅会省钱,为了省钱而毫无意义地亏待自己和家人,这显然不是"会过",而是"不会过"。

人不能做赚钱的机器,更不要做省钱的机器。以浪费生命为代价的节俭,不值得提倡。

最让女人欲罢不能的，是这种男人

爱大叔的女人越来越多。很多人不解，将其归因于大叔有钱。

其实错了——有钱固然是一个因素，但比钱更重要的，是大叔更具备精神导师风范。

值得爱的男人有很多种，有钱的，好看的，才华横溢的，霸气侧漏的……但所有这些，都抵不过一个可做精神导师的男人。

要找个什么样的男人过一生？想来每个女人都问过自己。其答案会随着阅历和处境的改变而改变。而一个成熟女人最愿意选择的，一定是那个可以引领自己冲破迷雾，一直一直走向更高更远处的男人，这包括精神和物质。

物质不说了，仅就精神层面，如果跟一个堪称精神导师的男人相伴，实在有数不清的利好：

他能帮你把握人生的方向，告诉你什么需要珍惜，什么应该舍弃。当你面临大大小小的岔路口，他能迅速帮你做出精准的选择。

他能化解你的烦恼。当你被领导批评，跟父母吵架，被朋友误解，事业陷入低谷，职业资格考试没通过，车子被撞，上班迟到……他会教你怎么处理和面对，让你从容又自信地解开一个又一个扑面而来的难题。

他能带你深刻领略生活的味道。一朵花的香，一只鸟的优雅，一幅油画的妙趣，一处历史古迹的沧桑……他能带你走进生活深处，给你一个崭新的视角，让你看到之前看不到的风景。跟他在一起，你生活的层次和境界可以大幅提升。

这样的男人，是女人的外挂和定海神针，是最值得相守一生的伴侣。

现在人们喜欢说"男神"，其实，仅仅长得好看的，不能算作男神。"神"应该是一种精神上的信仰。能让女人发自内心仰慕的，才是真正的男神，这种灵魂上的皈依，才能带来高层次的挚爱，也最能打造牢不可破的关系。

只有单纯无知的小姑娘，才会贪恋男人的颜和钱。成熟女人渴望的，一定是这种精神上的男神，一旦得到，她必将视若瑰宝，紧抓不放。

所以，男人也不要抱怨女人追求物质和颜值。一定还有无数女人，钟爱着男人的内涵、品位和智慧。只是当她想要这些，你能给吗？你读过多少书？对世界有多透彻的认知？对生命有多深刻的领悟？你有多大的胸怀多高的境界？你能带她领略生活更高更远处的风景吗？

若不能，就勿怪。

进一步说，就算是有钱有颜的男人，若精神匮乏，品味低俗，也很难收获恒久的真爱。因为女人在习惯了钱，厌倦了颜之后，很容易感到空虚和无趣，继而忍不住追问：这样的男人，值得吗？

一旦生出这样的问题，爱就荒芜了，相守的决心也就动摇了。

对男人来说，也是如此。当婚姻进入平淡期，激情退去，倦意渐生，能让他对婚姻保持高满意度的最佳法宝，就是精神上的依赖和仰望。

你且行且引领，ＴＡ且行且珍惜。这是两个人相爱相守的最高层次。

你享了不该享的福，就得吃不该吃的苦

一哥们儿，嗜肉，餐餐无肉不欢。我们一起吃饭，一大盘红烧肉他转眼就灭掉，还不够，得再来点肝啊肚啊做补充。

结果刚到四十岁，他身体就出事了，血脂血压血糖都高得离谱，半年前还轻度脑梗，住了两周院，被医生下了通牒：不许吃肉，每天运动两小时，而且要终生吃抗凝药。

现在他基本就靠小黄瓜蘸酱活着了。他老婆连荤腥都不让他碰，还每天监督他跑步，跑不够两小时不让回家。

前天我们见面，这家伙还是挺着个大肚子，但气色不好，面黄肌胖。

苦啊，他说，比苦行僧还苦，我现在看谁都生气，凭什么你们都能吃肉，我就不能？

他老婆说：谁让你以前不节制呢，你享了不该享的福，就得吃不该吃的苦。

这话说得真对。

一个人的健康是有数的，你以前透支了，以后就得省吃俭用补回来。

其他事情也是。

曾有个读者给我留言，说她爱上了一个很有魅力的已婚男人，暗恋了三年，终于和他在一起，但也只好了半年，那男人就不理她了。

她不甘心，不停追问原因，追到她不再理她、拒接她电话，又拉黑了她。有次她终于又打通了他电话，他第一句话就是"你怎么这么没自知之明呢！"

她说，现在心里疼死了。每天都会想起过去的好时光，两个人那么甜蜜地吃饭、旅行、说悄悄话、穿情侣装……可他最后又如此绝情，完全不顾及她的感受。她觉得自己要被折磨死了，简直生无可恋。

我说你好好体验一下这折磨，以后好避免再犯这样的错。

今天的折磨，就是在为昨天的任性买单。

你早该知道，那个已婚男人的爱情不是你能享有的。他再有魅力，也得敬而远之，你明知是火坑还非要跳，那么就算烧得体无完肤你也没资格喊疼。

还是那句话：你享了不该享的福，就得吃不该吃的苦。

人追求幸福，天经地义。但我们必须得承认：有些幸福，不是每个人都配拥有的。若强行索取，或许也能得到，但你恐怕就要为那一点幸福，承受十倍百倍的痛苦。

每一次任性的"我不管，我就要"之后，都可能跟着难以承受的"我好苦，我活该"。

所以，人可以不知道自己该做什么，但一定要知道自己不该做什么。要懂得收敛自己的欲望，时刻保持必要的理性。

不管多想吃肉，如果知道身体已经透支，就适可而止吧。否则积重难返，后半生都得吃素吃药，多辛苦。

不管多喜欢一个男人，如果知道这感情凶多吉少，就咬牙转身吧。否则到最后憋屈折磨、痛不欲生，哭得再惨，谁替你分担？

不管多喜欢新款名贵包包，如果知道银行卡上钱不够，就还是忍忍吧。否则吃糠咽菜攒钱还，又何苦。

不管多想玩游戏，如果知道工作紧急必须完成，就关了游戏吧。否则误了正事惹恼了老板，不管修复关系还是换新工作，都挺不容易的。

其实大部分时候，我们心里是非常清楚自己不该做什么的。

只是欲望升起，心就着了魔，就会忍不住不顾一切地去满足自己的一时之需。

"不顾一切"其实是个很蠢的词。

人在任何情况下都不该不顾一切。如果你在做一件事时,想到这个词,那么就应该命令自己先住手,掂量一下后果再行动。

而所谓的"忍不住",其实我也不太相信。除了生理需要,人可能没有真正忍不住的事,关键看你对自己要付出的代价有没有明确的判断。

如果你知道这盘肉吃下去,就命不久矣,你肯定能忍住不吃。

如果你知道今天再玩游戏,明天就会被辞退,你肯定能忍住不玩。

如果你知道今天去爱这个男人,明天就活得生不如死,你肯定就能放下执念。

所有"忍不住"去犯的错,都是因为那个代价不明晰,或者你在有意回避。于是你纵容自己被欲望驱使,去获得一时满足。而掩耳盗铃的结果,就是不得不承受那个注定要来的苦果。这个苦果,就由不得你选择了,忍住得忍,忍不住也得忍。

所以,太贵的幸福,就别去消费了。否则过度透支,太难偿还。

或者,你先把该吃的苦都吃了,攒够了资本再去要幸福。

爱情也好,尊严也好,自由也好,你配得上的幸福,才会真正属于你。

有多少美好，被迫不及待地糟蹋了

　　林志颖过去说，希望有一天能跟儿子一起合唱那首对他意义重大的《十七岁的雨季》。这是个相当美好的愿望，那情景粉丝们想想都会心尖一颤。只是美好的东西总会有人觊觎，在小小志才四岁的时候，某节目就迫不及待地促成了这件事。沙漠，夜晚，生日PARTY，小志揽着小小志唱了那首歌。场面也算温馨，但怎么说呢，距离我们所设想的氛围实在相差太远。

　　照理，该是小小志也到了十七岁，懂了感情有了心事，明白了那歌里唱的是什么，再跟老爸并肩同唱。这才对味吧？才是真正美好的事吧？才是我们和小志共同的期许吧？反正不该在小朋友才四岁的时候，就迫不及待把他揪出来唱，他还根本不懂歌的意义，只能象征性地附和几句歌词，唱这首歌跟唱《两只老虎》完全没区别，怎能营造出我们想象中的感动。

不知小志父子有何感想，反正作为观者，我有点遗憾，感觉一个美好的东西被毁掉了。

好像一坛酝酿中的好酒，因为太有市场而被提早拿出来兜售，结果失了味道。当然这不是小志的错，是这世界太急功近利，哪里有酒，哪里就爬满了酒虫，顽固地企图榨干你，这种氛围下，没有几坛好酒是存得住的。

有个作家朋友，几年前红了以后，写的书一本不如一本，因为出版社逼得太紧，一本还没写完，下一本已经天天在屁股后面催，以前写作是有感而发，现在一点感觉没有也得发，不发就得违约，而相比内容质量，出版社好像更在意时间，只要及时交作业，稍微水一点貌似并不妨事。我说你不会不签那么多啊。她一语道出亿万国人的心声：钱放你手边你不要啊？我表示理解性鄙夷。她神秘一笑，说，其实我正写一大的呢，但你可千万别说，被出版社知道就麻烦了，万一他们真开出一天价，我真绷不住。

有时候这世界会逼着你跟自己对抗，你正摩拳擦掌想下一盘大棋，刚露苗头，就会有眼尖的人看出有利可图，继而纷纷围上来说行了行了这就行了，力求和你分享小小的胜利成果。你若没有超凡的耐力和定力，很容易草草收兵，把自己便宜卖了。

几年前我哥去肥城工作，给我捎了一箱久负盛名的肥城桃，好吃死了，我们全家三四天就把一整箱吃了个精光。从那以后每年哥哥都给我们稍回一两箱来，可惜那桃一年比一年好看，却一年比一年难吃，我们全家吃一次伤一次，今年那箱一拿来就被冷落在墙角，谁都不想吃，因为根本不熟，一看就知道是个儿刚长够，就被摘下来装箱，到我们家时还又糙又硬，都不如萝卜好吃。

我妈扼腕叹息：好好的桃，活生生糟蹋了，真败家。我爸说，现在不都这样嘛，糟蹋的东西还少？

没错，当下社会，遍布着这样的可惜。有太多好东西，因为眼前的蝇头小利，被迫不及待地毁了。过去是好东西存不住，现在是好东西还没成为好东西，就存不住了。小荷才露尖尖角，就被商人采走了。

其实万事万物都有它的规律：桃子有桃子的成熟期，提前摘的不好吃；作家有作家的创作期，挤压了酝酿过程的作品不好看；孩子有孩子的认知局限，四岁的孩子断然唱不出《十七岁的雨季》的味道……这些常识，我们其实都知道，只是越来越不愿意去尊重。在利字当头的社会，人总忍不住去"抢"，管它到不到火候，既然有利可图，就先抢到手再说，迟了万一被别人抢走呢？于是很多本来十分好的东西，我们可能只收获了三分，剩下的七分，被毁于无形。

更坏的是，我们渐渐都习惯了这种败家，甚至都在下意识地顺应它，人们很难再沉下心来以足够的耐心和恒心做点什么，十年磨一剑的故事是不会再有了,大多数剑,都是一晚上就磨出来了。当然,一晚上磨出来的也能用,虽然不够精美锋利,人们也接受了,等不及嘛。

当所有人都怀着一颗迫不及待、见好就收的心去做事,好东西肯定会越来越少了。

朋友啊朋友,
你可别再想起我

  初中时我同桌她爸是高官,我每次去她家玩,都发现一个怪现象:他们是不接电话的。那时候还没手机,高官家里也是固话,她家的电话频繁地响,但多数时候他们看看来电显就走了,任那电话叮铃铃叮铃铃锲而不舍地呼唤。我替打电话的人着急,问同桌,谁啊怎么不接?她每次都说,我爸朋友,不用接。

  从那以后很多年,我对高官的印象都是:他们朋友多到不想理。这太牛了。你知道作为一个平凡小民,大脑里深植着多个朋友多条路的真理,内心中满怀着朋友遍天下的渴望,是多么真诚地把有幸结识的每个朋友都视如珍宝,哪敢有一点怠慢。刚结婚那会儿,我和老公还曾翻出手机通讯录来,比谁联系人多,结果我以近五百的数字秒杀了他的二百多个,为此还得意了一晚上。

后来我才知道，我那个得意有多二百五。

建立这个认识大概是在五年前，那阵子有个大帅哥师兄，忽然开始联络我，没事就给我打电话神侃，还不时发几条诗意绵绵的祝福短信来，当时我虽已婚，但也难免心旌荡漾，正踌躇着怎么把我们的关系定位在安全线的最高点上，他露出了大灰狼的真面目，原来他要跟我卖保险。我颇受打击，鉴于之前聊得挺开心的，人家也花了那么多心思在我身上，我还是买了。买了以后他就撤了，好几年音讯皆无。

后来又有个关系不错的前女同事，频频在QQ上找我聊天，刚开始聊得挺好，我还推心置腹向她倾诉衷肠，把家里的破烂事都跟她讲了一遍。掌握了我的核心机密后，她告诉我她在做玫琳凯，让我支持她。我又遭打击，诚实告诉她，那个化妆品我试过，并不适合我。人家说你就去支持我一堂课嘛。我实在不好推辞，便去了。

谁想支持了课，她又请我支持她的买卖，我勉为其难买了一点，她又希望我支持人脉，最后我把我妈都带去了，她还不罢休，隔三岔五打电话，以各种理由拉我入伙。我深受其扰，本来工作就忙得一塌糊涂，但常常一回家，她的电话就跟着来了，我不得不一边做饭，一边夹着手机应付她。

她并不总提正事，就是东家长西家短地扯，说谁谁的老公外遇啦，谁谁被婆婆扫地出门啦，这个更有杀伤力，我完全可以推测她在给别人的电话里如何宣讲我们家那些鸡零狗碎。为此我无论如何不敢怠慢她，人家要聊，我就得陪聊。我知道她们这帮人心中都有一个坐拥粉红色凯迪拉克的梦想，其实我对她的贡献绝对够一个后视镜了，但她貌似还想从我这得到一车轮子，那真的超出本人能力范围了。后来一看她的号码我心里就一抖，特想把她拉到黑名单里，这个昔日的好友如今是敌是友我真分不清了。

再后来又有一闺蜜做了安利。我一听她劝我买产品，心里好紧张，力劝她金盆洗手，有次我们花了两个多小时互劝，但最终谁也没说服谁，不欢而散后就没再联络过，好端端一闺蜜，玩儿完了，甚至成了冤家。后来我听好些人说过，她对我颇有微词——她们整天跟人打电话，交际很广的。

最近我跟一哥们儿吃饭，他煞有其事地讲，做销售的必须有一大帮朋友，因为大部分有针对性的销售都是从朋友开始的，这叫消费朋友。我很汗。我不做销售，也不想消费朋友，更不想被人消费。但貌似此事身不由己，你即已为人友，自然就是消费目标，不配合人家消费，你就不够朋友，人家就有理由拿你当靶子打。

我这才明白人家高官不爱交朋友的苦衷。那不是清高自满，而是本能的自我保护。

那天办公室一年轻人吹嘘他朋友多，说各行各业都有他的好朋友。我听来真像个冷笑话。小同学，其中有几个是卖保险卖安利卖营养品的吗？没有啊，那你能保证不会忽然有几个改行去卖吗？你这小身子骨够这么一大帮人消费不？朋友有风险，结交需谨慎呐。

我宁愿相信这世界是善意的

据说曾有年轻人问爱因斯坦,当代最重要的科学问题是什么。爱老想了半天,说如果真有什么最重要的科学问题,我想就是这个世界是善良的还是邪恶的。年轻人说,这难道不是宗教问题吗?爱因斯坦说不是,因为如果一个科学家相信这个世界是邪恶的,他将终其一生去发明武器,创造伤害人的东西,创造墙壁,把人隔得越来越远。但如果一个科学家相信这世界是善良的,他就会终其一生去发明联系,创造链接,弄出些把人连得越来越紧密的东西。

假使爱老真讲过这么一段,那么今天看来,科学家无疑正把这世界看得无限友善。从互联网的发明开始,一扇扇接通人际的大门就轰隆隆地打开,人们以前所未有的便利实现着沟通交流。过去你要问个作业,必须跑去同学家敲门,而现在只要打开手机微信就好了。过去你要追星,只能看大众画报,现在你可以去微博直接跟他说话。最近很多明星在玩"空降粉丝群"——粉丝们正坐在家里无聊呢,偶像自己就跑来跟你打招呼了。

当然,创造链接,是基于科学家心中世界本善的理念,而这些科技的推广,则需要世人怀有同样的信念。

当你要下载一个APP,稍有网络常识的人就会知道,这有风险,比如个人信息泄露或遭遇病毒攻击,但大多数人愿意相信那APP是善意和美好的,故而勇敢地接纳它,享用它,继而实现与他人的便捷互通。

当你要从网店买双鞋,首先你要相信卖家会好好地把那鞋送到你手上,只可能在里面附送双鞋垫,不会塞个炸弹什么的。虽然从绝对意义上说,塞个炸弹也不是没可能,但你更加相信卖家是友善的,不会出此恶举。所以,你还是敢去网购。

或者,当快递送来那个包裹,你更愿意相信他是原封不动送来的,中间没做任何手脚,所以你不觉得非当面验货不可,也就不必耽搁快递员太多时间,甚至屡次与其发生冲突而导致心情不快。

风险当然是存在的,你要做适当防范,但也没必要夸大那风险,使自己孤绝于时代之外。

想过上好日子,就要怀着良善的信念,敢于敞开怀抱,拥抱那些新鲜有趣方便快捷的好事物。

有个故事，说企鹅们在大海里觅食后，返回陆地时，需要以一个冰窟为出口往外跳。而海豹就常守在那出口猎食。每次带头企鹅第一个跃出，会第一时间发现海豹，但它一定沉默着逃掉，不做任何警告。因为一旦发声，后面的企鹅就会乱作一团，无法完成登陆计划，而一旦被困在大海中，面临的将是更大危机：要么企鹅们因体力不支，淹死在大海里，要么会遭到鲨鱼的围追堵截，到那时，死去的就不止一只企鹅了。所以，头一只企鹅在危难关头，用善意的沉默稳定了军心，这是使整个团队损失最小的选择。

不夸大风险，大概也正是我们面对这个不断更新的世界时，一种善意的本能。

我们这个时代与爱因斯坦时代最大的不同，是他处于战争年代，而我们则在和平时期。所以他要考虑世界的善恶，考虑要创造壁垒还是链接，而我们则更多地相信善大于恶，愿意突破壁垒去与他人亲近，这是我们的幸运。

有句话说，心有善意，途中便有天使，心有恶意，途中便有恶魔。恶魔总会有，防范也是必须。可喜的是，这个社会的绝大多数人，都没有过分夸大那风险，起码在科技领域，我们看到的，绝大多数都是相信世界本善的人们，无论创造者，还是接收者。

善良的信念，是美好生活的根基。

世上就没有不自卑的人吧

前几天一群朋友吃饭,后半段有个美女老总喝大了,坐到我旁边,特别真诚地说:你知道吗,在你面前,我可自卑了。

我真心吓了一跳——这个优秀得不要不要的女人,在我印象里一向自带傲娇气场,要说自卑,也是她让我自卑才对。

所以我第一反应是,她喝蒙了,要么认错了人,要么是酒后胡言。但她接着说:我特别佩服会写文章的人,上学时我最怕写作文,到现在也不会写东西……

然后又说了很多:当年成绩不好,被老师歧视,没考上好大学,亲戚都拿她当反面教材等等。说到最后,她有点不好意思,说,这些事一直搁在我心里,挺压抑的,也没跟别人说过,今天喝多了,跟你交了底,你别笑话哈。

我怎么会笑话。我只是更加确定了——再优秀的人，在内心的某个角落，也是藏着一点小自卑的。

有次看李娜的采访，记者问，"每次网球比赛间隙，你都会仔细读一些小纸条，那上面写的什么？"李娜说是比赛战术，以及一句"相信自己，你一定能做到"，这句话是她自己赛前写的，是场下的李娜对场上的李娜的激励。她需要这样的激励，因为她其实是个很自卑的人，从小就自卑。

如果她不说，我们可能都不会想到，一贯让人觉得霸气、自我的娜姐，原来也是自卑的。

也许这就是世人的常态：外表光鲜豁达，内心卑微挣扎。

而每个人都在尽量展示光鲜，掩藏卑微。这就造成了信息不对等——每个人看别人，都觉得对方活得风生水起、快乐平顺，再反观自己，这也不行，那也差劲，处处不如人，于是自卑心就来了。

过去还好，我们的生活范围小，眼界也小，一个农民放眼望去，能看到最有钱的人就是村长了，而村长也没富到哪儿去，也是穿平常衣、吃家常饭，顶多房子稍微大一点。同样，最美的村花，也没有多出挑，好看是好看，但脸上也有雀斑，腿也不够长。所以，对比之下，人的心理落差还不会太大。

但现在不同了。这个时代资讯太便捷，我们轻而易举地就能看到大千世界芸芸众生，可怕的是，差生因为没有传播价值，基本都被屏蔽了，整天在我们眼前晃的，都是优等生：360度无死角的美人、赚钱不眨眼的大咖，高考几乎不丢分的学霸，工作带娃扮靓三不误的辣妈……

而在朋友圈里，我们熟识的身边人也基本都在晒幸福晒优越，那些过去没机会展示的高端旅行、完美自拍、学识才华、工作成绩……也都扑面而来，让人觉得大家的人生个个都好得冒泡。

这种"遍地英雄豪杰，而我只是不起眼的小兵"的感受太不好，于是我们烦啊，心累啊，压力山大啊，无名火蹭蹭往外冒啊。

其实呢，我们的自卑，可能只是源于对他人不够了解。我们没有机会看到别人内心的真实，便默认他们像看起来那么完美。就如我开头所说的美女老总，她只看到我的文章到处传播，却看不到我的忙乱不堪和力不从心，而我只看到她的美、利落和商业头脑，却看不到她才华不够和学习能力不强。

这世界的真实画风，一定跟我们所见到的大不相同，只是我们常以为那些被隐藏的部分并不存在，于是轻易地判定自己无能。

可以非常肯定地说，这世上根本就不存在一个人，是样样都比别人牛的。推想一下：如果比好看，想来马云也会自卑。如果比学识，范冰冰也会自卑。如果比权利，蔡康永也会自卑。

所以说起来，可能这世上的每个人，都在不同程度地自卑着。只不过有的人心里憋着个大写的自卑，并深受其苦，而有人的自卑是小写的，完全不会造成内伤。

其实，那些不太受自卑影响的人，往往不是因为内心多强大，而是因为他们有抵抗这自卑的资本。

马云确实不够帅,但他有钱有智慧有能力,这些资本带给他的自信,足矣把那份自卑压缩到最小,完全没有放大的空间。

我们也一样。

无可否认,在很多方面我们都比别人差,但如果不想被因此而生的自卑心困扰,就必得有一样足矣跟这自卑抗衡的资本。

比如你是一名医生,那就好好修炼自己的医术,当你的医术足够高明,你就有自信,有价值感,内心就有了稳定的支柱,然后就很容易对自己的劣势释怀,甚至不再讳言自己的缺点。当你看到别人的好,就会想:我不美,没关系啊,我医术好。我不会唱歌,没关系啊,我医术好。我笨嘴拙舌,没关系啊,我医术好……

人会自卑,说到底是对自我的不接纳,而要接纳自己、认可自己、让自己内心变强大,不是空喊几句口号就可以了,你得有真正的让自己满意的本事才行。让你不自卑的,是自信,让你自信的,是你的优势。

自卑与自信,是此消彼长的特质,这个多,那个就少。所以如果你的短板实在难以改善(比如身高),那就要尽力打造自己的长板,长板够长,你就能大体维持内心的平衡和稳定。

现在有两个词特别流行,"装逼"和"宝宝心里苦,宝宝不说"。

这两个词其实都跟自卑心密切相关:我们心里的很多苦,都源自攀比带来的自卑心——你们太好，而我太不好，所以"宝宝心里苦"。但又不能说，只能竭力给别人展示一些虚假的优越，处心积虑地装些根本站不住脚的B，以期获得别人的羡慕和肯定，然后恢复一些心理平衡。

其实装是不能真正解决"心里苦"的问题的，如果你拿着交响音乐会的赠票进去拍张照片发了朋友圈，然后睡上两小时，回家继续喂猪，那么再多人给你点赞也没啥意义。装毕竟不是真牛，一时的虚荣心满足不能带给你真正的自信，夜深人静的时候心里该苦还是苦。

要想不苦，还得去做真正让你有价值感的事，踏踏实实地依据个人特质打造自己的优势，只有你自己发自内心地肯定自己的价值，你才有底气挺胸抬头跟这世界说，嘿，我也不差啊。然后你就能在风雨中茁壮成长了。

当宝宝知道自己很牛，宝宝心里就不苦了。

时间太快，
而我们终将跑赢自己

过去说度日如年，如今却是度年如日。

为什么呢，时间这么快？

时间太快。因为我们太忙。

"忙啊！"朋友S先生每次见我，开口都是这句。他年初创业，做了个餐饮配送公司，之后就招聘员工、设计方案、跟各路精英切磋、线上线下推广，忙得脚打后脑勺。有次他老婆告诉我，他洗脸的空都没有。每天都是她准备一条湿毛巾，他拿到车上，等红灯时刮完胡子擦一把。

"这坑挖得太大，不铆足劲儿往上爬就埋里边了。"夏天时他说。

而前几天，我听说他又开辟了新地盘，准备把生意扩展到市郊，因为市内的已经做起来了，盈利不错。

"这一年忙得啊，都没知觉了，"他说，"感觉一觉睡醒，一年就过去了。好在公司起来了，这一年没白干。"

忙都不是白忙的，时间花到好地方，人生就会变好看。

这个世界，好像人人都在忙。忙得忘乎所以，忙得不知今夕何夕。

也好像人人都在抱怨：哎呀，太忙，太累，太苦。

其实忙不是坏事。只要忙到点上，忙点挺好的。

多数人嘴上说着"瞎忙"，但心里很清楚自己忙的是正经事。

"忙"其实是"努力"的代名词。心里有斗志的人，才会逼着自己去忙，去打拼，去付出辛苦以改变生活和命运。

当你忙得感受不到时间流逝，时间离开时，就会悄悄给你留下礼物。

时间太快。因为我们在做想做的事。

有个小妹妹，之前在一家大公司做前台，春天时因为一个失误不幸被公司辞退。她收拾东西离开，心里特别迷茫、沮丧。在家里闷了一星期，她开始找新工作，可是面试了七八家，屡试屡败。她更加沮丧更加迷茫，也开始深刻反省，意识到自己学历不高又没什么特别技能，想找份像样的工作实在太难。

后来在一个朋友的推荐下，她去了一家茶叶公司做销售。这回再也不敢混日子。她一边联系客户,一边玩儿命学习,了解各种茶叶,学习茶艺,学着品茶,看茶文化的书……不到半年,这个起初连毛尖和龙井都分不清的小妹妹,俨然已经成了茶叶专家。

她说做前台那几年,上了班就盼下班,觉得时间一大把,却没一点用处,就是忍着熬着等它过去。而现在怎么觉得过得那么快,每天都是还有一堆想干的事儿没干完呢,恍然就到了下班时间。

是的,当你在做自己认可的事,懂得它的意义和价值,就会全身心地投入其中,时间也就过得特别快。

当你心甘情愿地把时间花在一件事上面,就不会反复地质疑、否定、纠结,被负面情绪干扰——人在负面情绪里时,才会觉得时间慢。

当你知道时间没有被浪费,自然就不会心疼它的流逝——它尽管流逝,而你已经从中获益:提升了自我,拓展了事业,赚到了钱,陪伴了家人……时间本来不就是用来干这些的吗?我们最大限度地榨取了它的价值,当然也就无须惋惜它的消逝。它过得再快,我们也不会慌张害怕。我们可以坦然地说,呀,又一年过去了,但是不要紧,我没有白老一岁。

时间太快。因为我们过得精彩。

所谓快乐,"乐"就会觉得"快"。转瞬即逝的,都是好时光。反之,心里难过,才会觉得时间难过。

我们过去说"天上一日,地上一年",可能也是因为觉得神仙的日子过得好,所以也就格外快吧。

所以,当我们感叹"时间太快"时,心里应该是满足和庆幸的。

我们衣食无忧,没有挨饿受冻,才会觉得时间水一样顺畅地走了,不会觉得日子艰难可憎,过不下去。

我们有各种好玩的方式来填补空闲,才不会觉得空虚寂寞,不会在没完没了的时间里苦熬,难受得想跟空气打架。

我们过得充实舒适,快乐无忧,才没有掰着手指数时间,一天天地盼着它过去。

用网友的话说:一分钟有多长,看你是蹲在厕所里面,还是等在厕所外面。

世界是一个大游乐场,我们觉得时间过得快,是因为我们都有幸做了在游乐场里面尽情玩耍的人,而不是在外面排队苦等的那个。

而且这个游乐场,项目越来越丰富,设计越来越精彩,空间越来越广阔,只要你愿意,就一定能找到适合自己的玩法,一定能玩得尽兴,一定不会被扫地出门。

你对这个世界多好奇,多热情,这世界就会让你多痛快,多过瘾。

世界如此热闹,只要你不主动离场,就每一天,都不会寂寞,每一年,都热气腾腾。

时间太快。我们都是跟它赛跑的人。

时间这东西太诡异。你跑得越快,它就追得越快,你越希望它慢一点,它就越急不可耐地溜掉。而你若盼着它快一点,它反倒磨磨蹭蹭迟疑不前。

所以,我们觉得时间快,是因为我们自己跑得快。

人生是场马拉松,一年又一年,我们以各种各样的姿势奔跑在时间里。我们大汗淋漓,我们倾尽心力,我们摔一身泥,我们抗住了打击。

我们都还是平凡的人,但我们没有辜负这平凡的生命。

跟时间赛跑的人,未必跑得赢时间,但一定会跑赢自己。

图书在版编目（CIP）数据

世间最美是心安 / 李月亮著. --北京：九州出版社，2017.1
ISBN 978-7-5108-5057-8

Ⅰ. ①世… Ⅱ. ①李… Ⅲ. ①故事－作品集－中国－当代 Ⅳ. ①I247.81

中国版本图书馆CIP数据核字（2017）第027257号

世间最美是心安

作　　者	李月亮　著
出版发行	九州出版社
地　　址	北京市西城区阜外大街甲35号（100037）
发行电话	（010）68992190/3/5/6
网　　址	www.jiuzhoupress.com
电子信箱	jiuzhou@jiuzhoupress.com
印　　刷	三河市中晟雅豪印务有限公司
开　　本	700毫米×970毫米　32开
印　　张	10
字　　数	200千字
版　　次	2017年4月第1版
印　　次	2017年4月第1次印刷
书　　号	ISBN 978-7-5108-5057-8
定　　价	39.80元

★ 版权所有　侵权必究 ★